圍頭與客家

香港本土語言故事集

自序一

劉擇明

本書是「香港本土語言（客家話及圍頭話）有聲故事書數位化及出版計劃」的成品，旨在透過故事呈現本土語言的面貌，並加深大眾對語言保育的意識。從策劃到出版，歷時大約三年，期間我們共整理了四十個圍頭話與客家話故事，並爲故事內容錄音、轉寫、註釋，製作成實體書及電子書；其後更選取部份故事製作成動畫短片，額外編寫教學材料。兩個版本的材料既可用於家庭內的語言傳承，也可用作語言教材。今次計劃亦帶動了不少技術上的發展，爲日後拼音轉寫和語音辨識的工具建立基礎。

對我而言，出版並不是計劃的終點，反而是推廣本土語言的第一步。畢竟只有書本和錄音，力量並不足以推動本土語言的傳承，而鼓勵大家傳承語言，更是比出版一本故事書艱巨得多，故此在這方面，我認爲當務之急有以下三點：

提升本土語言的能見度

香港的語言面貌本來是多姿多彩的，但城市會把語言淹沒。香港就像一個語言大熔爐，然而大眾均視「摵甩」鄉音爲融入香港的必要過程，這個背景下，過去數十年，「鄉下話」被完全滅聲，在公眾場合是不存在的，香港變得好像只有一種以廣州音爲準的標準廣東話。

我一直就讀本地學校，成長過程中從來沒有任何語言上的掙扎——因爲大家要「埋堆」，口音不同的話會被排擠，同學們很自然就全都用市區通用的、收音機和電視能聽到的廣東話來交談。對於我這個世代的市區人而言，圍頭話、客家話恐怕大家連聽都沒有聽過。要大衆明白港島、九龍本來也是講「鄉下話」的地方，相信還需很長日子的普及教育。

建立對本土身份的歸屬感

今天的市區、新市鎮開埠以前就分佈着大大小小的村落；香港的新舊移民來自五湖四海，也帶着自身的語言、方言來到香港。爲方便溝通也好，爲融入社會也好，不少人逐漸遺忘了自己的根。祖父輩、曾祖父輩籍貫是甚麼？說甚麼語言？以往這是人人皆有的認知，但今時今日這個族群的邊界已漸漸變得模糊。新舊移民和原居民都各有其原籍，與香港人身份理應沒有衝突，若是連族群認同都可以丟棄，更遑論語言傳承了。

建立香港社會的語言多元意識

語言傳承不能單靠本土語言的群體，而是需要整個香港社會的參與。香港的「城市認同」和「廣東話」掛勾，是本土語言式微的主因。我們不可能奢求每一個市區人流利使用圍頭話或客家話，但作爲香港一份子，絕對應該了解香港存有其他甚麼聲音，不要讓本土語言無聲無息、不留痕跡地消失。

我在市區長大，圍頭話、客家話都不是我的母語。從研究角度而言，不少語言本來就是由外人去做記錄，然而原居民人材輩出，怎會輪到我去做這件事呢？因此過程中我時刻提醒自己的限制，懷着謙卑的心去學習。作爲研究者，我的參與就是記錄與形式轉化，讓內容並非單純以文字方式保留，而是用數碼人文的原則，提供文本、拼音、翻譯、錄音，並製作電子版，方便大衆傳閱。降低學習門檻之餘，也要讓本土語言有更高的能見度，甚至成爲潮流。

人類本來就是天生的polyglot（多語者），衷心希望海內外與香港有關連的人，能夠多點認識圍頭話與客家話；至於家中仍講圍頭話、客家話的朋友，亦需努力製造環境，一同維持語言的多樣性，讓本土語言得以傳承下去。

自序二

鄧以楷

有幸參與「香港本土語言（客家話及圍頭話）有聲故事書數位化及出版計劃」，要感謝的人很多。首先要感謝劉擇明博士給我這個寶貴的機會，去研究圍頭話和客家話這兩種充滿獨特色彩的本土語言。自己本身也算是圍頭人，然而一直在市區生活，幾乎完全沒有接觸過圍頭話，實在有點不好意思，亦感遺憾。這次可以重新研究圍頭話，可謂追本溯源。

感謝一眾屏山家人，特別是多次協助圍頭話錄音的忠哥和潔姨。沒有他們聲演這些圍頭話故事，有聲書就無法完成。同時也感謝在計劃剛開始時提供錄音和故事材料的鄧啟明先生和鄧東江先生。

感謝鄧聯興先生提供錄音和資料之餘，更帶我到龍鼓灘觀摩「煮山頭」這個屏山鄧氏仍然保留的習俗。之前一直只從文獻資料了解，已經覺得相當不容易；實地見證鄧聯興先生和一眾同工就地搭爐烹上百斤豬肉，更覺得神乎其技。提起豬肉，我也是因爲參與這個計劃才參與人生首次的「太公分豬肉」，算是開了眼界。

感謝鄧學華先生提供圍頭話錄音之餘，深入講解新界鄧族的根源，讓我了解箇中千年的悠久歷史以及相關傳說。透過這次研究，我才知道新界鄧族除了元朗三大分支外，尚有粉嶺龍躍頭和大埔頭等地其他分支，而香港鄧族也曾經在宋朝年間出過一位稅院郡馬。

能夠完成是次計劃，也要感謝我的中學同學鄧國邦先生及其父親鄧世澤先生。尤其感謝世伯提供錄音之餘，不厭其煩抽空帶我遊歷錦田建築和古蹟，包括吉慶圍、二帝書院、廣瑜鄧公祠和樹屋等。希望日後有機會親身觀摩錦田鄉太平清醮的盛況。

過往任職新聞編輯時，比較少機會用到的田野調查和訪問技巧，想不到在這次研究就大派用場。不僅到訪了錦田，也去過沙田曾大屋和上水塱原濕地等地實地考察，同時訪問了多位長輩，可算補償了之前沒太多機會外出採訪的遺憾。這次也有機會接觸元朗以外的圍頭話和圍頭文化，感謝侯先生和侯玉嫦女士提供圍頭話錄音之外，亦和我分享了上水河上鄉和燕崗村的風俗和文化。

另外，之前在嶺南大學修讀中文文學碩士時，曾完整旁聽許子濱教授任教的音韻學。萬萬沒有想到，當時所學的知識能應用在工作上，讓我更易掌握圍頭話的特點，例如元音變化，以及 /h/ 輔音的在特定情況下會讀成 /f/ 輔音等（例如圍頭話的「開」讀成「悔」）。在此再次感謝劉擇明博士，爲沒有受過語言學本科訓練的我，補足了不少相關學問。

除了圍頭話外，這次研究也接觸了一直沒有太多機會碰到的客家文化。不論是客家話、客家習俗，還是那些一直流傳的客家故事，都十分有趣。而又意想不到的是，客家文化原來一直在身邊，無論是現居附近的九華徑新村，抑或祖家元朗的大旗嶺村，原來都是客家村落，可惜之前一直未有特別留意。希望日後可以繼續接觸更多客家文化。

這次研究收集到的故事，無論圍頭或客家，很多都能反映昔日新界農家生活。當中不乏有趣的典故和傳說，例如圍頭傳說〈大埔有老虎〉，居民爲躲避老虎而要「大步」離開，所以大埔前稱「大步」；客家故事中的〈熊家嫲〉、〈狗徑索〉等都是極具特色的故事。希望各位可以從中感受兩種本土語言和文化獨有的味道。

這些故事如果欠缺精美插圖，定會失色不少，所以十分感謝一衆本地畫師參與。感謝兩位好友 Ivan Ip 和 Mushi Lai 各自爲三個故事繪畫精美的插圖，也感謝同事 Grace Chan 找來好幾位畫師協助；大家的插圖都十分精彩，希望各位讀者會喜歡。

這次研究自然也有美中不足之處，首先是因爲新冠肺炎疫情耽誤了不少時間，令田野訪問難以進行，直至疫情稍緩之後才能追回進度。另外，這次收集到的圍頭話材料，比較集中於元朗屏山、錦田和上水河上鄉，未能觸及廈村、粉嶺和大埔頭等地，因此也十分希望日後繼續有機會收集更多相關地區的圍頭話錄音和故事。而進行田野訪問期間，深深感受到圍頭話的保育情況不甚理想，尋訪能說圍頭話的長輩自是不容易，不少長輩都表示已久久未有說過圍頭話，也發現年青一輩幾乎完全不懂這語言了。

正因爲圍頭話的保育情況不太理想，所以更希望這本書能令更多人對圍頭話產生興趣，並爲保育這種充滿特色的本土語言發揮一點點貢獻，同時也希望日後繼續有機會參與圍頭話相關的研究呢。

目錄

第一章

香港本土語言的過去與未來

香港本土語言簡介

甚麼是本土語言

用今天的眼光去挑選一個最能代表香港的語言，廣東話[1]肯定是大衆的首選。廣東話、英語、普通話均屬兩文三語教學政策之中的「三語」；根據 2021 年香港人口普查結果，有 88.2% 香港居民以廣東話作日常語言，英語和普通話可謂「拍馬都追唔上」。

生活層面上，香港人社交、起居、工作、購物，以至社會整體運作，包括政府、法庭和各公共機構都以廣東話進行；文化層面上，傳統戲曲、流行音樂、影視作品皆以廣東話爲載體，其地位無庸置疑。本書卻不以廣東話爲中心，而是以圍頭、客家作爲本土代表，或者會引起大家質疑：難道香港還有比廣東話更本土的語言？

簡單答案是：

「廣東話是香港的城市語言，香港境內的鄉下話才是本土語言。」

怎樣才算本土呢？這取決於我們對「香港」的定義和認識。香港的範圍經過數次改動，這片土地上的語言面貌也經歷過不少變化。我們從小被教科書和電視電影灌輸一套關於香港的歷史敘事方式——香港開埠前是漁村，二戰後發展成高樓林立的石屎森林、

---

1 指廣府話（Cantonese），又稱廣東話、廣州話、白話，因源自廣東省城（廣府）而得名。香港人習慣稱之爲「廣東話」，此處跟隨大衆習慣。

中西合璧、節奏急速的現代城市。時間線上香港被劃分成「過去的漁村」和「現在的都市」兩個獨立部份，然而一切描述都聚焦在當下現代化國際都市的面向。開埠以來，新舊移民不斷湧入香港境內，爲香港帶來各種發展，他們當然一併帶着自己的語言文化來到香港，移民引入的廣府話逐漸成爲港九市區的通用語言。

廣東話作爲市區通用、教育系統的語言，自然成爲擺脫鄉下、邁入現代社會的入場劵。香港居民大多數會視「現在的都市」爲香港的主體，廣東話亦衍生出在地變化——使用者會思考如何走在時代尖端、如何混合英語元素、如何創造 Made in Hong Kong，以突顯和廣東、南洋的不同風格[2]。香港廣東話經過本地化後，成爲最能代表**都市香港**的語言，但這只是近代的發展。

2024 年的今天，「都市」絕對不是香港的全部，鄉郊城鎮依然是香港不可或缺的一部份。**鄉郊香港**既非都市一員，亦非過去式，而是帶有豐富文化底蘊的現在進行式。香港境內的大小城鎮村落，本來就有紮根多個世紀的文化習俗，語言也與市區大不相同。鄉郊地區爲城市提供了土地、文化、人口，慢慢跟隨市區走上現代化的道路。隨着市區範圍不斷擴張、鄉郊範圍縮窄，在地語言逐漸被邊緣化，有的退守到鄉村和家庭，有的在近年更是完全消失。

城市化的香港是後起事物，建立在本地族群的土壤上；各種鄉郊語言流通於香港的時間亦比廣東話更長，就以先後次序而言，它們比起廣東話絕對是更加本土。因此本書採用香港

2 廣東話通行於廣東、廣西、南洋地區。各地廣東話雖然可以互通，但已各自發展出一己風格，例如馬來西亞廣東話會混入馬來語、英語、華語、潮州話和福建話。

本土語言保育協會的定義，以 1841 年香港開埠作爲分界線，此前已於香港境內鄉鎮流通的語言，在書中將被歸類作香港的本土語言。

本土語言的種類

香港到底有幾多種本土語言？首先讓大家嘗試列出自己認識的、香港較多人使用的「中文方言」。除了廣東話外，相信大家也知道普通話、潮州話、福建話、上海話、台山話等常見名稱；其他地區的就一律稱作「鄉下話」。

年紀越輕，越難察覺社區的不同語言群體，越難體會到香港的語言多樣性。香港人日常的用語稱作「廣東話」，或者會使人誤以爲廣東全省就只得一種語言，然而事實上，「廣東話」乃係香港人俗稱，英語「Cantonese」一詞，意思其實是指「廣州話」。老一輩本地居民會用「白話」作稱呼，而學術上則多數稱之爲「香港粵語」或「香港標準粵語」。而本書會使用「**市區話**」一詞，用以與本土語言作區分。

世界上至少有 7,000 種語言，絕對不是一國一語，一個地方如果山多島多，其多樣性更是可以大得遠超想像。試想想，香港山多平地少，又有超過二百個離島，面積超過一千平方公里，在沒有鐵路、汽車之前，怎麼可能只得一種語言呢？經典電影《窈窕淑女》[3] 中，男主角語言學家 Professor Higgins 向賣花女 Eliza

---

3 1964 年上映的《窈窕淑女（My Fair Lady）》，由喬治·庫克（George Cukor）執導，柯德莉·夏萍（Audrey Hepburn）及歷士·夏里遜（Rex Harrison）主演。

稱：「單憑口音就能知悉對方居於倫敦何處，誤差不出兩咪，甚至兩條街[4]。」經過特訓後，賣花女就講得一口上流英語。故事雖與本土語言保育概念不符，但也反映「語言一致」是現代化、階級化的結果。

港九新界鄉村墟鎮居民、香港水域艇户，各自有其語言傳承。現時能清楚辨認的香港境內本土語言包括以下幾種：

1. 圍頭話

又稱作「**本地話**」，學術文獻中也會把它稱作「新安話」，是舊新安縣（又作寶安縣，即今日香港、深圳）的語言。**圍頭話和市區話都是粵語分支**，但兩者只能勉強對話。圍頭話分佈香港全域，較集中在新界西北；現主要在屯門、元朗、上水、粉嶺等地使用，是新界五大氏族[5]使用的語言。新界東、大嶼山也有一些圍頭村落，而圍頭話使用範圍本來不限於新界，從口述歷史中可知，九龍的衙前圍、蒲崗村（即九龍城到鑽石山一帶）也是用圍頭話的；港島也有不少村落曾經使用圍頭話作日常語言。

2. 客家話

主要是清初復界[6]後，從嘉應州遷到香港境內的人口所使用的語言。香港主流的客家話是惠陽腔客家話，與深圳、淡水、

4 劇本原文爲：I can place him within two miles in London. Sometimes within two streets.
5 錦田鄧氏、新田文氏、上水廖氏、上水侯氏及粉嶺彭氏。
6 清政府爲打壓明朝遺民，在 1661 至 1678 年間至少頒佈三次遷界令，命令沿海居民遷入內地；至 1681 年平定台灣後才要求百姓遷回。

還有海外的馬來西亞沙巴、英國、中美州的客家話相近。**客家話不是粵語**，但因地理接近，也有一些共通點。香港的客語族群主要分佈在新界東部（大埔、沙田、西貢等）、九龍（牛池灣等）和港島（薄扶林、大坑等）。客家話曾經是港九新界不少市鎮的交際語——即使是圍頭話、潮州話的使用者，出外也需要使用客家話交流。另外還有一種在元朗水蕉村通行、稱作「**平婆話**」的客家話，使用人口更少。

3. 汀角話

一種在大埔汀角村使用的粵語，但不同於圍頭話，現時的使用人口非常少。汀角村四周都是客家村落，但村中一直保持使用粵語。

4. 東平洲話

一種和**大鵬話**[7]相通的粵客混合語，居民已全數遷離東平洲，但依然有一些老人使用。

除陸上居民以外，香港境內也有艇户，主要分福佬和蜑家兩支：

7 香港東平洲和深圳大鵬社區都位於大鵬灣海域，其原居民分別講東平洲話和大鵬話。由於地理位置相近，居民往來頻繁，語言基本上相通。

5. 福佬話

沙頭角、元州仔等福佬居民的語言。他們是閩系艇户，後來在陸上建立村落。他們的祖先可能是從汕頭遷到香港。

6. 水上話

以往稱作蜑家話（或作蛋家話），屬於粵語體系，特色是沒有市區話的圓唇元音（即「靴、香、卻」的元音 [œ] 和「如、月、願」的元音 [y]），「香港」和「康港」同音。

以上的本土語言在體系角度而言，圍頭話、汀角話、水上話同屬於粵語體系，客家話（或包括東平洲話）屬客語體系，福佬話屬閩語體系。除了水上話外，其餘均不能和市區話互通。

中文沒有衆數，我無法在本土語言後加上一個「s」，但一山之隔，語言分開發展，語言不相通才是常態。香港肯定還有更多本土語言，一些只在個別家庭使用，而未有被學者發現，有些則知道名稱但沒有詳細研究。

語言方言的分類整合屬另一學術範疇。香港的本土語言所涉及的種類，可能會被歸作不同層級，例如吉慶圍的圍頭話學術上可以稱爲「漢語粵方言莞寶片錦田方言點」。這種用「方言」、「次方言」、「腔」等字眼的稱呼雖然有學術基礎，但不便日常討論，也易生誤會，無助傳承。**事實上所有方言本質上都是語言，本書不作區分，一律稱作語言。**

本土語言的價值

電視電台和人口流動，某程度上淹沒了香港本來的語言面貌。香港全域千餘平方公里，不可能本來只使用一種語言，自然也不止承載一種文化。廣東話成爲現代城市的代表語言並非一瞬間發生，而是經歷了漫長的、跨世代的擴散和語言交替過程。

既然交替已經發生，本土語言又是鄉下的事物，來到廿一世紀，是不是應該放棄了？全球歷史上因爲經濟原因放棄母語的事例不勝枚舉，原因可能是認知上的偏差——例如誤以爲母語會干擾語言學習、社會歧視或標籤、經濟效益等等。那麼，爲甚麼還需要保護、推廣本土語言呢？

英國語言學家 David Crystal 在《語言的死亡》一書中，便曾列出以下保護語言的原因：

世人需要多樣的語言

語言說的是身份認同

語言是歷史的寶庫

語言可以擴大人類的知識

語言本身就很有趣

人類的文化活動和語言密不可分，像是香港境內各種儀式活動，與嶺南各種語言其實都是有所連結。所幸香港發展之際並沒有完全抹走本地文化，相比某些東南亞國家更有保育意識。近年香港文化意識高漲，大衆逐漸察覺到都市只是香港的表層，而非全部；鄉郊城鎮同樣是香港發展的養份。

是次本書的討論對象是圍頭話與客家話，這兩種過往在香港新界流行的語言。香港鄉郊的傳統文化，不少是由原居民，以本土語言傳承的。以下是香港非物質文化遺產名錄中，部份與圍頭、客家或本土語言有關的項目[8]：

1. 口頭傳統和表現形式

香港的本地人（又稱「圍頭人」）自宋朝已居於香港，客家人則大多在清初復界後遷入。圍頭人說圍頭話，客家人說客家話；年長一輩的村民今時今日仍以圍頭或客家話溝通及進行傳統儀式活動。此外，他們的宗族口述傳說亦保存了關於開基祖先的遷徙經歷、立村過程等歷史記錄。

2. 表演藝術

舞龍、舞獅在香港歷史悠久，常見於節日、慶典或神誕活動，即使是市區居民亦不會陌生，新界村民更是司空見慣，例如過年、打醮、商店開業等。但數到別具本土特色的，要算舞麒麟和舞貔貅。據說舞麒麟能排難開運，而舞貔貅亦有納財開運、鎮宅化險的作用。

而圍頭人和客家人皆有哭喪歌及哭嫁歌傳統；前者為去世

8 非物質文化遺產（簡稱「非遺」）包括五個類別：(1) 口頭傳統和表現形式，包括作爲非遺媒介的語言；(2) 表演藝術；(3) 社會實踐、儀式、節慶活動；(4) 有關自然界和宇宙的知識和實踐；及 (5) 傳統手工藝。目前納入香港首份非遺清單的主項目有 210 個、副項目有 319 個；文中只概述與圍頭、客家相關或比較獨特的主項目，並以底線標記。

親人而唱，後者爲女性村民出嫁前唱。此外，客家山歌、水上人的嘆歌也是本土族群的傳統。原居民用音樂承載家庭文化，音樂發展與習俗流傳亦會互相影響。

3. 社會實踐、儀式、節慶活動

鄉村保留了很多習俗傳統，與前述表演藝術有關的，有麒麟開光儀式；類近的有舞火龍，大坑及薄扶林村現時仍繼續會舞火龍以保平安。在天后誕、端午節扒龍舟，據說亦源自圍頭文化。

宗族春秋二祭是各宗族的大事，每逢春分、秋分，成員都會聚集祠堂祭祀列祖，或前往山頭拜祭先祖墓地，部份本地宗族更會即場食山頭、食盆菜。祭祀儀式會以圍頭話或客家話進行。最受人矚目的盛事可算是太平清醮（或稱打醮），感謝神明庇佑，並潔淨社區，象徵新的開始，通常以一、五、七或十年爲期。

洪聖誕、天后誕都會有神功戲、花炮、巡遊等活動，慶祝神祇生日。新界部份宗族（主要是錦田和北區）會在周王二公誕酬謝兩位清初官員幫助鄉民還鄉。另外，較獨特的有西貢鹽田梓的主保瞻禮——鹽田梓雖爲客家村，但因全村信奉天主教，故有此習俗。

4. 傳統手工藝

傳統製作技藝多以飲食文化有關，例如圍頭及客家人皆會製作的茶粿、清明仔，圍頭人的手粉、客家人的糯米酒等。與定居環境有關的技藝包括稻米種植、曬鹽、養蠔、蠔豉蠔油製作等。與表演及儀式有關的包括紮作（例如花炮、花牌、獅頭、麒麟、龍、大士王）、木船製作（龍舟）、燈帶編織[9]、戲棚搭建等等。

人類文明的發展依賴文化的多樣性。若然今天放棄語言、明天放棄飲食，久而久之全世界文化一體化，世界就會變得平淡無奇。語言、儀式、音樂與手藝等等，皆是人類文化的瑰寶，故此絕對有賴各地人民來傳承。

族群一旦失去自己的語言，就是永久失去身份認同，
一切文化遺產都會快速消失。

展望

語言是人類的溝通媒介，其呈現的方式也自然跟人類活動密不可分。隨着時間流逝，人口老化、社會發展、族群流動，只要人的生活有變，語言也必然會隨之而變。變化可以見於語言特徵，像是詞語的汰舊迎新、發音的分流歸合等，也可見於社會的語言運用，如從單一語言變成多語並行，或是完全棄用某個語言。雖然間中有隨機成份，但不少變化皆是使用者有意爲之的[10]。速度

9 客家婦女會以不同顏色的線編織而成的花帶，具裝飾和實用之效，可作圍裙帶、涼鞋帶。其中一種是點燈儀式用的燈帶。

10 具體語言變化機制是社會語言學的研究課題，詳情請參看 Labov（2001）。

上也並非固定，有的經歷數十年逐步改變而無人察覺，有的急速得相隔一代已無法溝通。

有了語言不停變化的認知，我們才能客觀地理解語言的歷時發展，打破一些對語言發展的迷思。我們無法逆轉一切已發生的變化，也不可能追溯最古老的源頭，只能集中在現存的部份。現時仍有不少通曉各種本土語言的人，散佈在香港的不同角落等待我們發掘。打破了「城市化香港」的想像後，我們應該多認識其他屬於香港的文化，這必然包括世世代代居於香港的族群的語言。

移民離港的要尋找香港的根，留守香港的要深化對土地的認同。本土語言可能比港九新界的新舊建築更具歷史，本地族群說的鄉下話，市區人或會感到陌生，但這都是香港的語言，承載香港傳統的文化，是這片土地的寶物。

我們在城市化的洪流下如何保存、傳承、推廣，是個非常值得思考的問題。接下來，我們會先整理香港的語言變遷和現狀，探討本土語言的推廣方向和本書四十個故事的收集和整理方式。而第二章及第三章，則分別爲圍頭話和客家話提供語言簡介與故事內容。

本章關於本土語言的分類、描述、使用狀況，整合了各範疇學者的研究成果，主要參考文獻在下面列出，內文不再逐項引用：

- Cheung, C. M. (2018). *The Syntax of Comparative Constructions in Dapeng (Taipung): A Dialect between Hakka and Cantonese. (Master's Thesis)*. Hong Kong: University of Hong Kong.
- Labov, W. (2001). *Principles of Linguistic Change: Social Factors*. Oxford and Cambridge: Blackwell.
- 宋偉航（譯）(2001)。《語言的死亡》（原作者：David Crystal）。台北：貓頭鷹出版社。（原作出版年：2000）
- 非物質文化遺產辦事處。〈首份香港非物質文化遺產清單〉。檢自：https://www.icho.hk/documents/Intangible-Cultural-Heritage-Inventory/First_hkich_inventory_C.pdf
- 政府統計處 (2021)。《2021 人口普查簡要報告》。香港：政府統計處。
- 香港本土語言保育協會。〈語言保育常見問題〉。檢自：http://www.hkilang.org/v2/397-2/
- 徐宇航（2020）。《香港閩南方言生態研究》。香港：中華書局。
- 張國雄（2019）。〈當代香港社會中的傳統客家山歌：「九龍山歌」之個案研討〉。《全球客家研究》，12，69-129。
- 張雙慶、莊初昇 (2003)。《香港新界方言》。香港：商務印書館。
- 馮國強（2023）。《香港白話漁村語音研究》。台北：萬卷樓。
- 葉賜光（2023）。《尋找香港漁歌》。香港：中華書局。
- 劉鎮發（2004）。《香港原居民客語：一個消失中的聲音》。香港：香港中國語文學會。
- 劉鎮發 (2018)。〈香港新界大埔汀角話概述〉。《中國語文通訊》，97(1)，111-120。

圍頭話和客家話的發展

香港經歷過多次大規模的人口遷移，每次人口遷移都對香港的語言分佈造成直接衝擊，導致語言的形成、發展、競爭或消失。前文提到香港現時流通的市區話[1]，就是十九世紀由移民帶入、經過本地化的粵語分支。那麼在此以前，香港各地究竟使用甚麼語言？這些語言又從何而來？本章嘗試從歷史角度探討香港的語言變遷，並在有限資料下分析幾次語言替換（language shift）[2]的背景。

爲何要觀察人口遷移？

人口遷移是影響語言分佈的最大因素，不論是遷入還是遷離，有人口移動就會影響語言發展。移入的新群體會帶來外地的語言；移出的舊群體則會令原有群體的人數下降。兩者都會影響各個群體的平衡，直接影響日常使用語言的習慣。以下先用一個虛構例子說明。

假設某島原有甲族居民二千，使用甲語交流；某年因戰亂導致附近乙族居民大量登島避亂。假設甲乙兩族雙方都沒有敵意、也沒有土地爭執，在同一島上雜居。兩族成爲鄰居就會有各種原

1 本書用「市區話」指香港現時通行的廣東話。
2 語言替換即某種語言的使用群體改用另一種語言。

因促使他們交流，產生語言接觸，然後很快會從對方身上學懂一些詞語和短句，例如交易用語、各自的稱呼、新事物的名稱等，因此詞彙上肯定會短時間內受到影響。兩族開始交流後，新世代的人可能兩族的語言都能聽懂，也導致兩族語言的發音語調受到對方影響。此外，對於平日的交流語言也會出現了不同的選擇，其中一種情況是雙方都聽懂對方語言，但各自會用自己母語說話；有時人丁單薄的一邊，爲了生計會逐漸學懂對方的語言；有時兩個族群都沒有學會對方語言，但臨場用少量詞語拼湊出洋涇浜語（pidgin），情況持續的話甚至會發展成完整的新語言，例如克里奧語（creole）或混合語；有時雙方索性使用第三種語言作交流。具體向哪個方向發展受到兩族各自的人數比例、經濟能力、政治實力、文化背景，還有族群之間的居住或通婚關係等因素影響，因而難以準確預測。上例中，乙族人數是二萬人抑或一百人，甲族的語言取態肯定有所不同。無論如何，只要人類不斷遷徙融合，語言變化、轉換是自然結果[3]，也必然會影響當地語言生態，因此探討語言變遷必須觀察人口數據。

3　語言的變化有內部、外部之分。語言作爲人類的溝通機制，每一代學習語言時都會有些微小變化，如語音上兩個音節的「唔好 m4hou2」快讀成「冇 mou2」——這些變化是內部自然發生、無法阻擋的傾向，致使每代之間在語音、用字都有差異。不同地域傳承、創新，如果各地交流不繁，地方間的差距就會擴大。另外有些變化不是語言傳承直接引起，而是由外部的社會因素造成，例如某些本來不區分「男 naam4」、「藍 laam4」的香港市區人，因正音標準而刻意學習 N 和 L 的區別。前者的轉變所有地區都有，不會改變語言的運用狀況；後者則不一樣，外部因素可以影響一兩個發音，也可以影響使用某個語言的意欲。

香港的人口遷移與語言變化

接下來我們可以按不同時期去討論香港各時期的人口移動與變化。以下劃分成四個階段探討──(1) 上古至五代十國、(2) 宋代至遷界令、(3) 復界至英治前、(4) 英治至現在。

1. 上古至五代十國──多族雜居的香港

根據出土考古發現，香港早在新石器時代已有人類活動，至先秦時期已有相當的文化發展。香港劃入中原版圖的年代相當早──秦代設置南海郡，轄域包括香港；而 1955 年在九龍發現的李鄭屋漢墓就也可見香港當時歸番禺管轄[4]。

這時期的香港先民，與華南沿海其他地區一樣應該仍未漢化，通常被歸入百越族。西晉臣瓚，曾寫道：「自交趾至會稽七八千里，百越雜處，各有種姓」(引自劉蜀永，2023，頁 6)。史書中提到的「百越」並非單一民族，而是多個民族的統稱。香港土著可能有傜族、畬族、越族（蕭國健，2019，頁 143-144），我們不知道這些名稱具體是甚麼人種，他們可能是使用苗瑤語或侗台語的民族。地名成份可以找出各族的歷史痕蹟。蕭國健指出以「洞」爲地名是越族的特徵。此外，港島南區「薄扶林」用漢語解不通，而侗台語可以解作「出水口」，與該處的瀑布相合，可能是少數留存下來的先民地名（蔡兆浚，2022）[5]。

---

4 李鄭屋漢墓的墓磚上刻有「大吉番禺」、「番禺大治曆」字樣，故考古學家有此推斷。

5 粵語內裏有不少其他語言的痕跡，可能是透過接觸獲得，例如「冧」、「呢」、「屌」等，在廣西壯語和泰語都找到同源的字詞。其中一說是粵語群體中有不少人本來是侗台民族，學習漢人的語言後保留了少數自身母語的詞彙。

漢人自秦漢開始逐漸進入嶺南，香港境內也有漢人活動的證據。香港歷史博物館考古組（2009）[6] 指香港各地有不少漢代的出土文物，包括陶器、銅錢、鐵器，表明西漢初期至東漢末年都有各種漢人的經濟活動，但可能不是長期定居。其後關於香港的記載包括唐代設置屯門軍鎮（具體位置不詳），並有軍兵在屯門駐守。這些軍事、經濟活動都必然有漢人參與，但規模應該和宋代開始不能相比。

今天討論的本土語言都是漢語（即廣義中文）的分支，都是宋代或以後逐漸在香港成形的。

2. 宋代至遷界令——圍頭話形成

關於香港境內的可靠記載，最可追遡至五代十國南漢。南漢後主劉鋹設「媚川都」捕珠[7]，而其位置相傳是大步海，即今天的大埔海——吐露港（劉蜀永，2023，頁 11）。

宋代的香港依然是漢越雜處的地方，香港直至宋代仍有非漢族居民。明．盧祥《東莞縣志》[8] 指當時大嶼山「居民不事農桑，不隸征徭，以魚鹽為生」，到慶元三年（1197 年）夏天，政府取締

---

6 文章節錄：「這種方格紋硬陶罐具相當特色，同類器物在香港其他地方如馬灣東灣仔，屯門龍鼓上灘、掃管笏，大嶼山竹篙灣、散石灣和西貢滘西洲、沙下亦有出土，屬實用器。不少陶罐表面裝飾有幾何圖形戳印，其中從滘西洲出土經修復的陶罐，現於香港歷史博物館展出。除了陶器，香港尚出土有為數不少的漢代銅錢，包括南丫島深灣出土的東漢晚期五銖錢，以及屯門掃管笏發現的漢代五銖錢及貨泉。後者從一個灰坑中出土，數量近百枚，出土時還混有竹席及麻布的殘餘，是本地埋藏漢代文物數量較多的遺址。此外，大嶼山白芒、竹篙灣，南丫島沙埔村也曾出土鐵斧、鐵鍤等農業用具，西貢滘西洲發現捕魚用漢代陶網墜，顯示漢代時期香港地區的經濟活動。」

7 出自宋．王闢之《澠水燕談錄》卷九雜談：「劉鋹據嶺南，置兵八千人，專以採珠為事，目曰『媚川都』。每以石硾其足，入海至五七百尺，溺而死者相屬也。」

8 現本爲清代《重刻盧中丞東莞舊志》。

私鹽，大奚山島民作亂，同年八月被廣州知事錢之望遣兵殲滅[9]。往後就沒有明確關於土著的記載，可能是完全被漢人同化，也可能是成爲了後來的艇民。土著語言很快就退出了香港的語言生態。

自宋代起，大量漢人擁入嶺南。《宋史》紀載東莞各地設有大小鹽場，不少位於香港境內。其中一個主要的鹽場就是九龍的官富場。採鹽是重要經濟活動，官富場周邊除了村落，也有軍隊駐守。馬頭圍一帶已有大量出土文物佐證，南宋時香港各地都有村落墟鎮，經濟活動蓬勃。

蕭國健（2019，頁 177-178）整理族譜反映各氏族遷入香港境內的年代和路線（見下表）。較早遷入香港的除了較多人認識的新界五大氏族（錦田鄧氏、新田文氏、上水廖氏、上水侯氏及粉嶺彭氏）外，還有新田陶氏，以及九龍的蒲崗林氏、衙前圍吳氏等。

姓氏	原籍	遷移途經	年代	棲止地域 及年代
林	福建莆田	惠州—東莞	北宋 宋末(分遷)	九龍蒲崗 林村坑下莆
陶	江西鄱陽	鬱林—寶安	宋末	元朗新田
鄧	江西吉水	陽春—東莞	北宋 宋末(分遷)	錦田 大埔頭、竹村、黎洞
吳	福建寧化	惠州—東莞	元末	九龍衙前圍
彭	江西廬陵	潮州—東莞	元末	粉嶺龍山
文	四川成都	江西永新— 惠州—深圳	元末 元統年間 (1333-1335)	大埔泰坑、新田仁壽圍
侯	廣東番禺	—	元末	上水河上鄉
廖	江西寧都	福建汀州 —東莞	元末	上水鳳水

9　根據《宋史本紀》卷三十七〈寧宗本紀一〉記載：「廣東提舉茶鹽徐安國遣人捕私鹽於大奚山，島民遂作亂。……辛卯，知廣州錢之望遣兵入大奚山，盡殺島民。」

宋代起南遷抵達香港的漢人帶來了不同的語言。族譜記載可見，移入的漢人橫跨嶺南、福建各地。各地的漢人言語不通如何交流呢？沒有明確記載，但因唐代的通語成爲了各地方言的讀書音（與宋代韻書《廣韻》紀錄的系統相近），可以估計各地漢語之間理應有部份互通度；在頻繁交流下，逐漸在語音、用詞、語法都慢慢趨同，最終形成一種流行於本地的語言。

這種語言接觸與形成不限於香港境內，而是在漢人南遷途中、或是在嶺南落腳後的交流中共同變化。原始粵語約在北宋期間在珠江一帶發展定形，並在各地持續發展。從鄧氏立足錦田（1103 年）起計，經歷宋、元、明三代，到清初爲止五百多年間，與鄰近東莞頻繁交流下，逐漸形成了圍頭話的前身。

數百年間各族在新安境內各地開枝散葉，清初康熙版的《新安縣志》，就記載了逾百條香港村落。除了極少數標記爲「客籍」的村落以外，其他都是圍頭話的範圍。圍頭話與東莞話非常相似，而東莞話可以找到清初的紀錄。屈大均成書於康熙十七年（1678 年）的《廣東新語》記述各地風俗，提到東莞與廣州習俗不同。其中「土話」一節，更記述語音和用字的差異。書中關於東莞的語言描述，不少和圍頭話相近，以下引文是關於詞語的描述：

- 「東莞謂事訖（做完事）曰効，遊戲（玩耍）曰瞭[10]，順德曰仙，曰欣，新會曰流，指何處曰蓬蓬。」
- 「東莞女子，未字者稱曰大娘，已字稱小娘，衆中有已字、未字，則合稱曰大小娘。」
- 「東莞謂曾祖曰白公，曾祖母曰白婆，或止稱曰阿白。」

10 直至今天，圍頭話中，做完事仍有「效」（咻）、玩耍仍有「料」的用法。

- 「東莞稱無賴者曰邋子，又多以屎為兒女乳名，賤之所以貴之。男曰屎哥，女曰屎妹。謂賃田者曰佃丁，曰田客，賃地者曰地丁，曰地客，僦屋曰房客。巫曰師公、師婆，覡之夫曰覡公。」
- 「東莞謂光曰皎，皎音効，美好曰灑，持物曰的，肥曰凹，肉熟曰脸。」

《廣東新語》還有以下關於東莞話語音的描述：

- 「東莞則謂東曰凍，以平為去，謂莞曰官，以上為平。」

意思是指某些高音的平聲字（如「東」）讀音像廣州話的去聲（如「凍」），這點和圍頭話是一致的。另外「莞」是上聲字，圍頭話同樣可以讀成高音。聲調是圍頭話與廣州音最核心的差異，這個圍頭話的語音特徵在清初已經穩定下來。

3. 復界至英治前：圍頭話、客家話通行

香港境內主要使用圍頭話的情況，在清初被遷界令打破。1662 年，因倭寇猖獗，清廷下令居民內遷五十華里，新安縣所有村落被連根拔起，香港全域變成無人之境。遷界令於 1669 年廢除，但復界後不少鄉村未能恢復[11]，內遷居民只有少數回到原鄉。清政府鼓勵嶺南其他族群遷入，其中粵閩邊境的嘉應（即後來的梅州、五華）人口遷到沿海地區，有的建立村落（後來標記爲「客籍」），有的與本地人雜居。

嘉慶版《新安縣志》的村落名單反映了復界後的民系分佈，從

11 復界後，沿海治安依然不穩，例如九龍彭莆圍林氏在遷回舊地後，於 1676 年被海盜滅村，圍內村民無一生還（張瑞威，2002）。

「官富司管屬客籍村莊」記載可見，客家村落在香港境內大幅增加。圍頭話大概分佈在新界西北屏山、屯門、新田、錦田、上水等地，客家話則集中在沙頭角、大埔、沙田與西貢等。

另外，我們亦可從香港地名推測在該地區聚居的群體。例如掃管笏的「掃管」是圍頭話的「掃把」；油麻地的「油麻」是客家話中「芝麻」的稱呼，油麻地就是種植芝麻的地方。其中香港帶有客語特色的地名非常多，例如使用「徑」、「崋」、「窩」、「肚」等字都是典型客家話特徵（郭必之、張洪年，2007）。

至於九龍的村莊尖沙頭（尖沙嘴）、土瓜灣、芒角（旺角）等，在嘉慶版《新安縣志》沒有標記爲客籍，但從其他紀錄可見這些地區應該都是講客家話的。

除了主流的圍頭人和客家人外，大埔汀角村（劉鎮發，2018）、東平洲（劉鎮發，2017）都各自保持着自己的語言習慣。香港境內也有艇戶，有珠江流域系統和來自福建一帶的。珠江流域系統的水上人（過往稱爲「蜑家」）似乎來自黃埔（馮國強，2021），而福佬人則來自汕尾一帶（徐宇航，2020）。例如漁民、陸上居民雜居的吉澳、鴨洲，用字和語音都會互相影響（馮國強，2023）。

遷界令後，香港境內的本地人（圍頭人）和客家人成爲主要群體。他們分別維持着各自的語言和習俗，復界至今超過350年，一直保留着民系的分界。香港不同民系的住民，先有較早遷入的「本地」，然後有遷界令結束後遷入的「客家」，還有「蜑家」和「福佬」兩支水上民系。1841年香港開埠時，復界已接近兩世紀，當時屬於新安縣的香港，已經是多族群、多語言的多元社會。

4. 英治至現在——本土語言式微

1841 年《穿鼻草約》簽訂後，英國開始佔領香港島，正式開埠，建立維多利亞城——這是香港語言史的分水嶺。開埠後香港的人口暴增，對本地語言生態帶來衝擊。港島九龍新界的原居民並不是世世代代講市區話，而是隨着人口遷入，廣州話成爲跨族群共通語的結果。

雖然開埠早期文件不少經已散失，語言調查也不全面，但香港不同時期的人口紀錄，可以作爲研究香港語言變遷的依據。各類報告、新聞報道等出版中，也有蛛絲螞跡可以窺探開埠初期到二十世紀初的語言狀況。

英治香港在不同時期均有進行人口普查，是研究香港歷史的重要依據，也有助我們研究香港人口和語言變遷。當時的英語材料將香港居民分爲「陸上」和「水上」兩組，而族群則分作本地（Punti）、客家（Hakka）和福佬（Hoklo）。「本地」[12] 並不單指講圍頭話的本地人，亦兼指廣東省各地的粵語群體；而「福佬」一詞也兼指潮汕各地的閩系居民。圍頭話和廣州話不作區分，因此圍頭話的數字我們無法準確掌握。

香港的語言替換過程

圍頭話、客家話一度於香港社會通行，爲十七、十八世紀的主要語言。時至今日，連圍頭、客家群體都逐漸改用市區話。歷

---

12 本地和客家之分容易令人以爲本地就是唯一的本土族群，叫客家的則是非本土的外來族群。事實上，有一些客家村落早在三百年前已到香港落戶，相反後來的廣州人則因爲被歸類爲本地，反使這些已在香港落地生根的客家人看起來是外來人了。

史紀錄反映本土語言的替換過程，並不是全港各地同時發生的，以下分別敍述。

1. 開埠初期的港島和九龍

根據 1841 年出版《中國叢報》(Chinese Repository)，開埠時香港島人口約 7,450 人，赤柱是最大的市鎮，人口 2,000。其餘村落包括香港、黃坭涌(黃泥涌)、公岩(亞公岩)、石凹(石澳)、掃箕灣(筲箕灣)、大石下、群大路(群帶路)、掃竿浦(掃桿埔)、紅香爐、柴灣、大浪、土地灣、大潭、索鼓灣(索罟灣)、石塘嘴等村。另有船民 2,000 人、市集 800 人。港島西北部，即今天的中西區，居民只得數十。

1841. *The Hongkong Gazette* 289

The list is as follows, the names being written as they are pronounced on the spot.

No. 3.

		Population
Chek-chu, 赤柱	the capital, a large town.	2000
Heongkong, 香港	A large fishing village.	200
Wong-nei-chung, 黃坭涌	An agricultural village.	300
Kung-lam' 公岩	Stone-quarry—Poor village.	200
Shek-lup, 石凹	Do. Do.	150
Soo-ke-wan, 掃箕灣	Do. Large village.*	1200
Tai-shek-ha, 大石下	Stone quarry, a hamlet,	20
Kwun-tai-loo, 群大路	Fishing village.	50
Soo-koon-poo, 掃竿浦	A hamlet.	10
Hung-heong-loo, 紅香爐	Hamlet.	50
Sai-wan, 柴灣	Hamlet.	30
Tai long, 大浪	Fishing hamlet.	5
Too-te-wan, 土地灣	Stone quarry, a hamlet.	60
Tai-tam, 大潭	Hamlet, near Tytam bay.	20
Soo-koo-wan, 索鼓灣	Hamlet.	30
Shek-tong-chuy, 石塘嘴	Stone-quarry. Hamlet.	25
Chun-hum, 春坎	Deserted fishing hamlet.	00
Tseen-suy-wan, 淺水灣	Do.	00
Sum-suy-wan, 深水灣	Do.	00
Shek-pae, 石牌	Do.	00
		4350
In the Bazaar.		800
In the Boats,		2000
Laborers from Kowlung.		300
	Actual present population.	7,450

《中國叢報》1841 年香港島人口統計

歷史記錄關於新界和九龍的記載較多，香港島的較少。許舒(James W. Hayes)(1984)從歷史記錄中重現開埠前的香港島面貌，反映香港島開埠前已是有序的多元華人社會。赤柱作爲人口中心，是本地、客家、福佬聚居的地方，這點和新界、九龍沒有太大分別。其中本地族群使用的粵語和九龍、新界一樣，理應是圍頭話，而不是廣州話。

開埠後，香港政府建立維多利亞城作爲香港行政中心，吸引了不少移民。1841 年到 1845 年四年間，香港島人口急速增長，當中以男性爲主，並且多數集中在四環九約[13]範圍。他們多由廣東各地到港，以珠江一帶爲主。其後廣州人在香港做生意，廣州話作爲省城語言，大多數人都能聽能講，自然就成爲了通用語言（lingua franca）。張振江（2008）以族群語言活力分析粵語（廣州話）成爲香港早期華人通用語的原因，他指出雖然人口總數和分佈方面，本地與客家兩個族群不相伯仲，但外來的廣府人社會和經濟地位較高，也因政府內的歐洲人都比較認識廣州話，因此教育、政治地位、政府服務方面都向廣州話傾斜，總體而言本地族群的廣州話，活力指數高於其他族群。廣州話在地位和制度因素都處上風，因此很快就成爲維多利亞城早期華人的共通語。

其後香港的範圍在 1860 年簽訂《北京條約》後擴展至九龍界限街以南，即大角咀、旺角、尖沙嘴、土瓜灣一帶。香港邊界北擴後，政府馬上大興土木，其時九龍從尖沙嘴到油麻地迅速成爲市區一部份，也迎來了人口增長。外來人口持續增加的狀態下，香港島和舊九龍的居民也必須學會廣州話以應付日常生活所需，但客家話還是有相當多使用者。

最詳盡反映當時語言運用的材料是《政府憲報》（Government Gazette）中的殖民地學校年度報告（Annual Report on Schools in the Colony）。早期香港的漢文學校（vernacular school）需要訂明教學語言，當中有本地話、客家話，少數是福佬話。奠定早期香港教育政策，被譽爲香港公立

---

13 英殖初期華人對香港島北岸的維多利亞城的行政區劃的俗稱。

教育之父的史釗域（Frederick Stewart）在1866年所撰寫的報告中有一段關於客家話教學的討論[14]，他質疑政府對多方言環境的包容，認爲政府包容多方言，導致法庭和公務上的翻譯困難。他並指出很難找到合資格的客家老師，而本地客家學童十居其九能講或至少能聽懂本地話，因此以本地話（廣州話）教學沒有問題。他並以蘇格蘭和愛爾蘭的例子，指出既然蘇格蘭、愛爾蘭兩地學生可以只在家使用方言，在校用英語，香港的客家族群應該一樣可以用本地話接受教育。十九世紀還沒有語言保育的意識，這種論調是可以理解的。從往後的報告可見，只要情況許可，香港政府的教育官員都建議以學童的慣用口語進行教學（葡文子弟學校也是用在地的土生葡語教學）。相信是出於教學成效原因，史釗域以廣州話作中文教學的唯一語言的政策沒有立即推行。

從往後三十年的報告可見，港九兩地仍有不少官立和教會學校提供客家話教學。以下是官立學校的「成效評級」清單，出自1889年《香港政府憲報》中，由歐德理（Ernst J. Eitel）撰寫的1888年度教育年報。

---

14 史釗域於1866年《香港政府憲報》撰寫的報告原文節錄：I doubt much whether the distinction of Punti and Hakka Schools should be allowed to remain longer. There is great difficulty with interpretation in the Courts and other public offices in the Colony, and it seems to me that Government should lend no hand to the continuance of the present diversity of dialects. The principal reasons that might be given for ceasing to employ Hakka Schoolmasters and engaging Punti ones in their place are, first, the difficulty, if not impossibility, of getting properly qualified Hakka masters, more so than in the case of the Puntis; and, secondly, the fact that nearly all the Hakka children in Hongkong — nine out of ten — can speak the Punti dialect, or, at least. understand it when they hear it spoken. To teach these, therefore, through the medium of the Punti dialect — the dialect of the majority, and of the best educated — would involve no greater hardship, if hardship it be, than exists in many parts of Scotland and Ireland, where the children use their native dialect at home, but at Church and in School make use of, and understand, English. A third reason is a personal one — the impossibility of my being able to learn the Hakka dialect in addition to the Canton colloquial and the prosecution of my studies in the written language so essential to the proper discharge of my duties in the Central School.

Table X.—Government Schools (Central School *excepted*) *arranged in the order of their efficiency.*

Rank I.	Rank II,—*Continued.*	Rank III,—*Continued.*
Saiyingpʻún, English School.	Saiyingpʻún, Chinese Hakka School.	Tsattszemúi, Chinese Hakka School.
New Girls School, (Chinese).	Tanglungchau, Chinese Hakka School.	Hoktsui, Chinese Hakka School.
Wántsai, Chinese School.	Tanglungchau, Chinese Punti School.	Táihang, Chinese School.
	Shekò, Chinese School.	Pokfúlam, Chinese School.
Rank II.		Sháiwán, Chinese Hakka School.
	Rank III.	Hunghòm, Chinese Hakka School.
		Hokün, Chinese Hakka School.
Wántsai, English School.	Shéungwán, Chinese Girls School.	Tʻòkwáwán, West, Chinese Hakka School.
Stanley, Anglo-Chinese School.	Saiyingpʻún, Chinese School.	
Wongnaichʻung, Anglo-Chinese School.	Little Hongkong, Chinese School.	Mátʻauchʻung, Chinese Hakka School.
Yaumáti, Anglo-Chinese School.	Aplichau, Chinese School.	Wongmákok, Chinese Hakka School.
Shaukiwán, Anglo-Chinese School.	Wongkoktsui, Chinese Hakka School.	Táitʻámtuk, Chinese Hakka School.
Shéungwán, Chinese Boys School.	Tʻòkwáwán, East, Chinese School.	New Village (Little Hongkong) Punti School.
Taiwongkung, Chinese School.	Mongkok, Chinese Hakka School.	

1889《香港政府憲報》內的 1888 年度教育年報官立學校成效評級

一等：　西營盤（英）、新女校（中）、灣仔（中）

二等：　灣仔（英）、赤柱（雙語）、黃泥涌（雙語）、油麻地（雙語）、筲箕灣（雙語）、上環男校（中）、大王宮（中）、西營盤（客）、燈籠洲（客）、燈籠洲（本）、石澳（中）

三等：　上環女校（中）、西營盤（中）、小香港（中）、鴨脷洲（中）、黃角咀（客）、土瓜灣東（中）、旺角（客）、七姊妹（客）、鶴咀（客）、大坑（中）、薄扶林（中）、Shai Wan（客）、紅磡（客）、鶴園（客）、土瓜灣西（客）、馬頭涌（客）、黃麻角（客）、大潭篤（客）、新村（小香港）(本)

從文件可見，早年標記爲本地話的學校已改作「中文」，都是以廣州話教學的；餘下學校則繼續以客家話教學。1890 年後，教育報告就沒有列出客家學校，這可能反映學校已基本改用廣州話教學，因此無須再列出。

搜尋十九世紀出版的英文報紙，有不少關於廣州話（Cantonese）的討論，但幾乎完全看不到客家話、本地話的討論。即或如此，在管治層面上，認識客家話是有需要的，例如1891年的政府招聘啓示（見下圖）就要求翻譯文員需同時具備本地話和客家話能力，而官員通曉客家話可以獲得津貼。

GOVERNMENT NOTIFICATION.—No. 26.

A competitive examination for the post of Clerk and Interpreter in the Botanical and Afforestation Department will be held on Thursday, the 5th February, at 2.30 P.M. in the Council Chamber, Government Offices.

Duties,...............To take charge of the general office work of the Department and to interpret and translate English and Chinese, the Punti and Hakka dialects of the latter.

Qualifications,......Accuracy and quickness in accounts and handwriting, some knowledge of book-keeping and efficiency in interpretation and translation.

Salary, ...$240 per annum.

The examination will be held in accordance with the Regulations made by the Governor in Council and published in the *Government Gazette* No. 26 of 1883.

Applications, with copies of testimonials as to character, and certificates of health and age, to be sent to the Colonial Secretary not later than Monday, the 2nd February, at Noon.

By Command,

F. Fleming,
Colonial Secretary.

Colonial Secretary's Office, Hongkong, 24th January, 1891.

1891年《香港政府憲報》（當時譯作《香港轅門報》）內的招聘啓示

1905年刊登的一篇倫敦傳道會皮堯士牧師（Rev. Thomas Pearce）的演講，提到「黃泥涌、薄扶林、赤柱是本地村，而銅鑼灣、大潭篤、香港圍（黃竹坑）等是客家村，筲箕灣、長洲、油麻地、紅磡有福佬人居住」。1911年人口普查中，港島和舊九龍仍有約9.47%居民並非使用粵語[15]。這顯示即使在最早納入英國統治的香港島和舊九龍，客家話並非馬上被廣州話取代，本土語言的使用維持了好一段時間。

爲甚麼要如此詳細列出開埠後70年的港九語言數據呢？這是因爲港島、九龍整體被視作市區，大家或者會誤以爲本土語言

15 根據1911年人口普查 Table XI. Dialects spoken in the Home for Chinese Population of the Colony（except New Territories, North and South）數據顯示，當時港島和舊九龍華人人口（不計商船海員）共有344,627人，其中311,992人（90.53%）家庭方言爲「本地」、22,822人（6.62%）家庭方言爲「客家」、6,949人（2.02%）家庭方言爲「福佬」、2,864人（0.83%）則使用其他家庭方言。

在開埠一刻已經消失。事實上，數據反映，即使在移民人口遠超本地人口的環境下，弱勢的本土語言依然支撐超過 70 年，才退出港九市區的公共領域。

2. 新界的本土語言

大清政府與英國在 1899 年簽訂《展拓香港界址專條》後，香港範圍擴張至新界、新九龍。這些範圍沒有直接受到英國政府的影響，因此圍頭話和客家話是主要的交際語言。

《香港新界方言》列出的鄉村名單，按語言點在右頁（39 頁）地圖之上，從地圖可見圍頭話與客家話的傳統分佈。

另見 40 頁，附上 1911 年人口普查的分區使用語言分佈圖表供參考。

九龍城在界限街以北，本來是新界一部份，這裏的語言替換比較慢。「香港記憶」網站收錄了衙前圍村民吳佛全先生（1935 年生）的口述歷史，其中提到九龍城在四十年代的語言狀況。以下摘自該網頁的文字整理內容：「戰前九龍城有本地和客家鄉村，村民分別講圍頭話和客家話。客籍村落有牛池灣、大磡、東頭、瓦窰頭、沙地園和上下元嶺等，衙前圍屬於本地村。不少九龍城的鄉民通曉兩種鄉村話，例如吳佛全母親生於蒲崗村，雖不是客家人，但會講客家話。九龍城市集亦流通鄉村話，當地的外來居民如東莞人和潮州人，做生意優先講白話（香港市區流通的廣州話），但不少人可用客語溝通。和平後英政府推行廣州話教育，鄉村話逐漸沒落。」從以上訪談記錄可見，衙前圍和蒲崗村的居民在二戰前仍是以圍頭話作內部溝通，九龍城周圍仍以客家話交流，也有外來人士用廣州話和東莞話。

鴨洲
吉澳
平洲
沙頭角
荔枝窩
羅湖
打鼓嶺
鹿頭
上水
烏蛟騰
新田
粉嶺
牛潭尾
汀角
塔門
輞井圍
沙崗圍
船灣
海下
大埔
林村
水頭
屏山
元朗
厦村
八鄉
白沙澳
梧桐寨
錦田
大埔滘
下白泥
藍地
十八鄉
打鐵笏
十四鄉
北潭
鹹田
大棠
馬鞍崗
甲龍
馬鞍山
水浪窩
川龍
龍鼓灘
屯門
田夫仔
和宜合
小瀝源
萬宜
浪茄
火炭
西貢
大網仔
大欖
荃灣
大欖涌
汀九
深井
沙田
大圍
白沙灣
大老山
糧船灣洲
葵涌
蠔涌
馬灣
青衣
九華徑
新九龍
將軍澳
竹篙灣
九龍
馬游塘
坑口
大坑口
大嶼
坪洲
清水灣
東涌
沙螺灣
梅窩
香港島
昂坪
大澳
貝澳
塘福
望東灣
長洲
南丫島
索罟群島
蒲台

圍頭話
客家話
其他，包括福佬、蜑家及混合語言

1911年 人口普查 分區使用語言分佈

■本地 ■客家 ■福佬 ■其他

地區	人口	本地	客家	福佬	其他
港島、舊九龍	344,627	91%	7%		
長洲	3,964	62%	14%	24%	
九龍城	7,309	42%	55%		
南丫島	826	80%	16%	4.8%	
大嶼山	6,710	85%	14%		
深水埗	6,318	72%	26%		
凹頭	10,777	59%	41%		
屏山	10,769	74%	26%		
東平洲	3,111	49%	51%		
西貢	9,243	28%	71%		
新田	3,372	100%			
沙頭角	8,570	4%	95%		
沙田	3,809	28%	70%		
上水	6,859	79%	21%		
大埔	9,441	25%	74%		
荃灣	2,982	18%	82%		

新九龍中，深水埗靠近已發展的大角咀，而九龍城一帶的鄉村在二戰期間遭到日軍的遷拆，後來也就變成市區一部份，兩地的本土語言已沒有傳承。較遲開發的區域，如九華徑（原爲狗爬徑）、牛池灣、鯉魚門等地區，仍有客家話使用者。

3. 從城鄉到全港城市化

新界在二戰後才逐漸都市化，比港島和九龍晚了超過一百年。大規模的語言替換在二戰後才發生。

二戰結束後，原本避難的港人回港，加上國共內戰期間的移民，香港人口再次急升，並再度成爲多語社會。廣州話本來已是港島和九龍市區的共通語，而五十年代移民潮以廣東各地佔多，廣州話在社區繼續傳播，鞏固了其共通語的地位。但當時國語是影視媒體的語言，時代曲相當流行，部份學校也採用國語教學（劉鎮發，2004）。

移民擁入擴大了城市和鄉村的人口差距，加速了市區話的推行。同時新界各地開始建設現代學校，這些學校都是以市區話教學的。

隨着人口增長，香港政府 1950 年代起發展新界，開拓新市鎮。發展打破了原有的社區結構，市鎮建設伴隨的道路、水塘等基建也影響了地貌，導致不少鄉村無法維持耕作，需要出外謀生。本地村和客家村的原居民，有的搬到市區工作，部份則移居海外。原本在新界鄉村佔優的本土語言，因人口比例的變化而受到擠壓。Lo (1968) 一文探討新市鎮發展，列出各村落的客家話使用人口，可見城市化和語言替換是同步進行的。

其後對本土語言最大的打擊是語言歧視問題。香港身份認同與城市化密不可分，而標準的市區口音（粵語廣州音）被視作判別「香港人」的重要標準。這種以口音掛帥的意識形態，是出於對鄉下話的歧視，但結果不單歧視外來人口，連帶新界的本土居民也受到波及。跟長輩訪談中，不時聽到「搣甩」鄉音的討論——基於年少經歷，爲顯出自己融入香港，就再不願意講母語。因說話帶有鄉音而遭受歧視的例子隨意搜索就能看到。Lau (2005) 指出，新界有不少父母或許懼怕子女日後口音不正會影響就業，也未察覺本土語言的價值，於是紛紛與子女改用市區話。香港的大衆媒體都是以市區話廣播的，學校教育也以市區話進行。自七十年代起，不少新界家庭也改用市區話溝通，在缺乏接觸下，即使從祖父母輩口中仍能聽到本土語言，但不少人已無法流暢地使用本土語言溝通。

現時圍頭話和客家話在香港被邊緣化超過 50 年，在新界各地的傳承都非常不理想。下一步行動前，我們先檢討一下語言替換的機制，和對現狀的評估方式。

語言衰落與瀕危

從一種語言轉換到另一種語言，這個過程叫做「語言替換」。這現象是是按範域進行的。以下用 Gal（1979）歐洲小鎮的經典例子說明。

該小鎮是奧地利境內的匈牙利村莊，本土語言是匈牙利語，國家語言是德語。

1900 年代出生，當時差不多 70 歲的人，大部份時候都用匈牙利語，但跟子女用會德匈混雜，跟政府官員會用德語；

往後 10 年出生的人，只會跟父母用匈牙利語，上學用德語，朋友互相交談、跟子女對話都是匈德參半；

1950 年代出生的人，只會跟祖父母用匈牙利語，但上學、互相交談已經完全改用德語；

可以預測 1970 年代出生的人，基本沒有機會講，除了跟祖父母交流外，基本上完全不會接觸到；再往後的世代，匈牙利語恐怕一句都聽不懂了。

當一些家庭放棄傳承自己的語言，轉而使用一隻社會上認受性更高，更有經濟價值的語言，同一群體的使用者也會受影響。起初的語言替換是以家庭作單位的，但慢慢就會擴散至社區、社群、社會，其終點是該語言的瀕危與死亡。這個過程的快慢取決於不同原因，有些語言會在宗教儀式中保留上千年（如希伯來語），有些則會在兩代之內消失。

如果要復興，可以怎麼開始呢？我們的第一步是評估語言的活力。

首先我們嘗試探討語言群體的使用情況和活力，以作爲後續的行動基礎。例如市區話就經常被誤當成瀕危語言看待，這種誤判非常危險——沒有正確判斷很容易把本來健康的群體拆散，或加速語言的替換（到更有經濟價值的語言）。

Fishman (1991) 的語言復興框架，按語言狀態判斷行動。而語言狀態則按「世代失調分級表」(Graded Intergenerational Disruption Scale，簡稱 GIDS) 分作八級：

① 該語言用於**國家**的教育、傳媒、政府事務；

② 該語言用於**本地及地區性**的教育、傳媒、政府事務；

③ 該語言用於**本地及地區性的工作，不論熟人抑或陌生人**；

④ 該語言的**文字知識透過教育傳授**；

⑤ 該語言由所有世代當作口語使用，**而其書寫形式也有效地在社區使用**；

⑥ 該語言由所有世代當作口語使用，**兒童將之作爲第一語言學習**；

⑦ 父母輩的使用者可以與長輩用該語言溝通，但**不準備傳承予後代**；

⑧ **只得祖父母輩**可以使用該語言。

對於情況較差的語言，他提出一個叫做「compartmentalisation」的概念。第⑤至⑧級的語言可能會失去在家庭或社區使用的活力，因此首要工作就是要劃出該語言理應使用的範疇，加以區隔，確保這個語言有其生存空間。但也有聲音指出這區隔是有害的（Hudson，2002），因爲區隔雖然會保住某些場合的應用，但明確的分工下，減少較正式場合下使用的機會，就更加鞏固了語言只能用於低階語域的觀念。

第⑤至⑥級依然是有兒童使用的情況，尚有充裕時間挽救；但當語言落在第⑦與⑧級之間，也就是只有祖父母輩或以上輩份使用，情況便非常嚴峻；父母輩的一代開始只會聽不會說，成爲接收者和記憶者，也代表這語言很難再有新使用者加入。

香港本土語言現況

以上的分類法對香港的本土語言情況而言過於粗疏，因此我們也考慮到另外兩個量表。

聯合國教科文組織（UNESCO）的地圖集把語言分成以下幾類：

級別	瀕危程度
5	安全（safe）
4	不安全（unsafe）
3	肯定瀕危（definitely endangered）
2	嚴重瀕危（severely endangered）
1	極度瀕危（critically endangered）
0	已經消失（extinct）

以下我們可用 UNESCO 評估語言活力的六大要素（Major Evaluative Factors of Language Vitality），反思香港本土語言現況。

① **代際之間的語言傳承**

(Intergenerational Language Transmission)

語言和物種一樣要有後人來承繼。如果沒有代際之間的語言傳承就很難維持下去。以使用者年齡去區分，本土語言是兒童、父母、祖父母還是曾祖父母輩的語言？

② **使用該語言的絕對人口**

(Absolute Number of Speakers)

如果只得數十人使用，語言群體很難長遠維持。使用本土語言的總人數是多少？

③ **總人口中使用該語言的比例**

(Proportion of Speakers within the Total Population)

群體中，使用本土語言的人口超過一半嗎？假如以香港整體作比較基準，只得市區話是安全的。因此這裏只以傳統群體計算，即本來就使用本土語言的地區作比較。這些群體在城市發展下已經大幅縮小，但即使以這個單位計算，香港的任何一個鄉村的客家話或圍頭話使用人口必定不超過一半，即是說本土語言都是處於嚴重或極度瀕危的水平。

④ **在現存語域的使用趨勢**

(Trends in Existing Language Domains)

該語言能在甚麼場合使用，群體內的交流是否可以全面使用該語言？健康的語言應該用於各種場合並發揮各種功能。如果只能在家庭場合使用、在外需要轉換到主流語言，那就屬於瀕危或嚴重瀕危；如果只能在特定儀式、場合使用（如祭祖、誦經），那就屬於極度瀕危了。

⑤ **新領域和媒體的回應**

(Response to New Domains and Media)

語言的活力也取決於對新範疇的反應力。網上媒體、互動、娛樂等，有沒有本土語言的成份呢？例如客家話可能出現於某些新領域，其他本土語言則完全沒有。你可以找到用香港客家話的電視節目嗎？有沒 VTuber 虛擬直播主用圍頭話或客家話直播？圍頭話有沒有新歌曲？

⑥ **用於語言教育和學習材料**

(Materials for Language Education and Literacy)

本土語言是否已有完整的材料呢？香港本土語言幸好已經有學者作出整理，材料也可以在網站下載。但這些材料只對熱心人士有作用，學校系統是完全無法接觸本土語言的。

以下也提供較新的 The Language Endangerment Index (LEI) 量表（Lee & Van Way，2016）的評分以供參考。

	5 極度瀕危	4 嚴重瀕危	3 中度瀕危	2 受威脅	1 脆弱	0 安全
人數	1-9	10-99	100-999	1000-9999	10,000-99,999	≥ 100,000
傳承	只有少數老年人會說這個語言。	許多祖父母的一代會說這個語言，但年輕人通常不會說。	社區中有一些成年人會說這個語言，但孩子們不會說。	大多數成年人會說這個語言，但孩子們通常不會說。	大多數成年人和一些孩子會說這個語言。	社區中的所有成員，包括孩子們，都會說這個語言。
趨勢	社區中只有一小部份人會說這個語言，而且說這個語言的人數正在迅速減少。	社區中不到一半的人會說這個語言，而且說這個語言的人數正在加速減少。	社區中只有大約一半的人會說這個語言，而且說這個語言的人數正在穩定減少，但不是加速減少。	社區中大多數人會說這個語言，而且說這個語言的人數正在逐漸減少。	社區中大多數人會說這個語言，而且說這個語言的人數可能正在減少，但非常緩慢。	幾乎所有社區成員都會說這個語言，而且說這個語言的人數穩定或增加。
範域	只在一些非常特定的範疇中使用，例如儀式、歌曲、祈禱、諺語或某些有限的家庭活動。	主要只在家中和/或與家人使用，對於許多社區成員甚至在這些範疇中也不是主要語言。	主要只在家中和/或與家人使用，但對於許多社區成員來說，仍然是這些範疇的主要語言。	在一些非官方範疇中與其他語言一起使用，並且對於許多社區成員來說仍然是家庭中使用的主要語言。	在除了官方範疇（如政府、大眾媒體、教育等）之外的大多數範疇中使用。	在包括政府、大眾媒體、教育等官方範疇在內的大多數範疇中使用。

以 LEI 量表評估香港幾種本土語言以及現時主流的市區話，可得出以下評分：

	人數	傳承	趨勢	範域	瀕危指數
圍頭話 嚴重瀕危	(2) 1000-9999	(4) 許多祖父母的一代會說這個語言，但年輕人通常不會說。	(5) 社區中只有一小部份人會說這個語言，而且說這個語言的人數正在迅速減少。	(4) 主要只在家中和／或與家人使用，對於許多社區成員甚至在這些範疇中也不是主要語言。	(2 + 4 x 2 + 5 + 4)/25 = **76%**
客家話 嚴重瀕危	(0) ≥ 100,000	(4) 許多祖父母的一代會說這個語言，但年輕人通常不會說。	(4) 社區中不到一半的人會說這個語言，而且說這個語言的人數正在加速減少。	(4) 主要只在家中和／或與家人使用，對於許多社區成員甚至在這些範疇中也不是主要語言。	(0 + 4 x 2 + 4 + 4)/25 = **64%**
汀角話 極度瀕危	(4) 10-99	(5) 只有少數老年人會說這個語言。	(5) 社區中只有一小部份人會說這個語言，而且說這個語言的人數正在迅速減少。	(5) 只在一些非常特定的範疇中使用，例如儀式、歌曲、祈禱、諺語或某些有限的家庭活動。	(4 + 5 x 2 + 5 + 4)/25 = **96%**
東平洲話 極度瀕危	(4) 10-99	(5) 只有少數老年人會說這個語言。	(5) 社區中只有一小部份人會說這個語言，而且說這個語言的人數正在迅速減少。	(5) 只在一些非常特定的範疇中使用，例如儀式、歌曲、祈禱、諺語或某些有限的家庭活動。	(4 + 5 x 2 + 5 + 4)/25 = **96%**
福佬話 極度瀕危	(4) 10-99	(5) 只有少數老年人會說這個語言。	(5) 社區中只有一小部份人會說這個語言，而且說這個語言的人數正在迅速減少。	(5) 只在一些非常特定的範疇中使用，例如儀式、歌曲、祈禱、諺語或某些有限的家庭活動。	(4 + 5 x 2 + 5 + 4)/25 = **96%**
市區話 安全	(0) ≥ 100,000	(0) 社區中的所有成員，包括孩子們，都會說這個語言。	(0) 幾乎所有社區成員都會說這個語言，而且說這個語言的人數穩定或增加。	(0) 在包括政府、大衆媒體、教育等官方範疇在內的大多數範疇中使用。	(0 + 0 x 2 + 0 + 0)/25 = **0%**

圍頭話和客家話都屬於嚴重瀕危，而其他本土語言則屬極度瀕危。前者的優勢在於人口基數比起世上不少瀕危語言都好，但社區的使用人口依然不足。

總結

香港的漢人在宋代起慢慢發展成別樹一格的本地話——圍頭話，經歷遷界事件後，香港有大量客家人遷入，圍頭話和客家話兩種語言曾是香港境內陸上居民的主要語言。開埠後，經歷不同階段的移民，香港的語言發生變化，港島和九龍首當其衝，居民的日常語言轉為廣州話（市區話）。二戰後，新市鎮發展，加上香港社會的語言歧視問題，使新界家庭亦開始轉用市區話，本土語言的使用空間日漸被市區話取代。

這個語言替換過程距離我們相當接近，但容易被人忽略，時至今日仍然不難發現這些早期移民聚居的痕跡。如大坑舞火龍是遊客都會慕名而來觀賞的客家人習俗，可見客家文化在大坑直到現在廿一世紀，都依然存在而且繼續傳承。新界各村如今其實仍有不少圍頭話和客家話的使用者。以上呈現數據，就是希望市區話的使用者理解到本土語言其實是仍然存在，並非遠古之物——而這些香港最本土的語言文化，正逐漸消失，處於嚴重至極度瀕危的狀態。但瀕危並非絕望，下一章會詳述行動方針。

参考文獻：

- Fishman, J.A. (1991). *Reversing Language Shift*. Bristol: Multilingual Matters.
- Gal, S. (1979). *Language Shift: Social Determinants of Linguistic Change in Bilingual Austria*. San Francisco: Academic Press.
- Hayes, J. (1984). Hong Kong Island Before 1841. *Journal of the Hong Kong Branch of the Royal Asiatic Society, 24*, 105-142.
- Hudson, A. (2002). Outline of a theory of diglossia. *International Journal of the Sociology of Language, 157*, 1-48.
- Lau, C.F. (2005). A Dialect Murders Another Dialect: the Case of Hakka in Hong Kong. *International Journal of the Sociology of Language, 173*, 23-35.
- Lee, N.H. & Van Way, J. (2016). Assessing Levels of Endangerment in the Catalogue of Endangered Languages (ELCat) Using the Language Endangerment Index (LEI). *Language in Society, 45*(2), 271-292.
- Lo, C.P. (1968). Changing Population Distribution in the Hong Kong New Territories. *Annals of the Association of American Geographers, 58*(2), 273-284.
- UNESCO (2003). Language Vitality and Endangerment. Document adopted by *The International Expert Meeting on UNESCO Programme Safeguarding of Endangered Languages*.
- 香港記憶（2012）。〈「香港留聲」口述歷史檔案庫：吳佛全訪談記錄〉。檢自：https://www.hkmemory.hk/collections/oral_history/All_Items_OH/oha_100/records/index_cht.html#p64988
- 香港歷史博物館考古組（2009）。〈從考古文物看漢代香港〉。檢自：https://hk.history.museum/tc/web/mh/publications/spa_2010-01-08_01.html
- 郭必之、張洪年（2007）。〈香港地名中的閩語和客語成分〉。《語言學論叢》，35，200-233。北京：商務印書館。
- 徐宇航（2020）。《香港閩南方言生態研究》。香港：中華書局。

- 張振江（2008）。〈試論早期香港華人族羣語言的競爭與選擇〉。《中山大學學報（社會科學版）》，2。
- 張瑞威（2002）。〈宗族的聯合與分歧：竹園蒲崗林氏編修族譜原因探微〉。《華南研究資料中心通訊》，28，1-8。
- 張雙慶、莊初昇（2003）。《香港新界方言》。香港：商務印書館。
- 馮國強（2021）。《廣州黃埔區方音與漁農諺和鹹水歌口承民俗的變遷》。台北：萬卷樓。
- 馮國強（2023）。《香港白話漁村語音研究》。台北：萬卷樓。
- 蔡兆浚（2022）。〈薄扶林中有薄鳧——薄扶林地名初探〉。檢自：https://hkchronicles.org.hk/ 香港志 / 地名 / 薄扶林中有薄鳧 _ 薄扶林地名初探
- 劉蜀永（2023）。《簡明香港史（第三版）》。香港：三聯書店。
- 劉鎮發（2004）。〈香港兩百年來的語言生活演變〉。《台灣與東南亞華人地區語文生活研討會論文集》，128-143。香港：靄明出版社。
- 劉鎮發（2017）。〈香港本土居民四種方言常用詞彙表：圍頭話、客家話、汀角話及東平洲話〉。香港：香港本土語言保育協會。
- 劉鎮發（2018）。〈香港新界大埔汀角話概述〉。《中國語文通訊》，97(1)，111-120。
- 蕭國健（2019）。《香港古代史新編》。香港：中華書局。

政府文件：

- Report on the Census of the Colony for 1911
- The Hongkong Government Gazette (24 March 1866)
- The Hongkong Government Gazette (30 March 1889)
- The Hong Kong Government Gazette (24 January 1891)

瀕危語言的保育推廣

香港各種本土語言即使在多種不同定義下，都已達瀕危的程度，可幸仍有保育和推廣的空間。本章嘗試列出一些現有的計劃，並提出一系列保育策略和路線圖，制定可實行的目標。

大眾認知

社會普遍對本土語言缺乏認知，其中對圍頭話與客家話是甚麼更是近乎毫無概念，缺乏可視度是目前推廣本土語言的最大難關。香港關於語言生態的討論，多數集中在兩文三語的使用比例，較少提及到本土語言或其他族群的語言。

實際的語言問題複雜而多元，就跟人口的構成一樣，例如在討論粵語教學的問題時，我們很容易會把粵語和「香港本土」劃上等號，把普通話或英語劃成「外地的、外來的語言」。以使用人口和日常應用的程度計算，這是合理的描述，但這樣會把本土語言、新舊移民的漢語、少數族裔語言完全從香港的語言討論中排除。這是 Irvine & Gal（2000）所指「Erasure」的概念——現時本土語言在傳媒或一般市民的討論中不佔任何位置，對推廣保育是非常不利的。因此進行深入推廣活動之前，首先要向大眾推廣「本土語言」這個概念，讓這些語言重新進入社會的討論。

要讓大眾認識本土語言，最有效的方法是透過大眾媒體——包括電影、電視、電台、網絡平台去增加本土語言在公共空間的可視度。

影視媒體中的呈現

幸好香港的影視業工作者對本土文化有一定程度的理解，香港影視作品自九十年代起一直都有不同類型的本土語言元素。部份電影更曾以本地原居民生活為劇本主軸，呈現出香港本來族群的多樣性。香港電影間中出現本土語言，有時是為了營造效果，有時是作為人物設定的一部份，以下列舉一些比較廣為人知的例子。

圍頭話在近年的影視作品中偶有出現，最經典的要數1992年的圍頭話電影《我愛扭紋柴》。電影講述一對在新界圍頭村青梅竹馬成長的男女，吳山水（周潤發飾）留在村裏當村長，郭飛螢（鄭裕玲飾）則在英國生活數載後回流，文化和價值觀的差別令二人隔膜重重。戲中所有主要演員，包括周潤發、鄭裕玲、黃秋生（飾演村內的點地公）彼此之間皆用圍頭話溝通。圍頭話的發音在當時更加成為了市區話的潮流用語，有人指出「走在潮流尖端」的「端」字發音變為「啄」，疑似出自該電影中黃秋生的對白「我哋要走在時代嘅尖端」[1]。時至2024年初，當市民憶及經典賀歲片時，《我愛扭紋柴》依舊榜上有名，更在大年初四於香港西九文化區M+戲院重映。

電影《竊聽風雲3》(2014）劇情與香港新界原居民丁權有關，圍村人陸永泉（方中信飾）和九叔（郭鋒飾）等角色皆用圍頭話傾談。另外，《全力扣殺》（2015）講述退役羽毛球天后吳久秀

1 博客「紅塵練心」於Medium平台發佈的文章〈香港講咩話？圍頭話對白的電影，懷念羅啟銳導演〉中提出此猜測。

（何超儀飾）教圍村村民打羽毛球，戲中飾演圍村土豪的鄭中基和飾演圍村盆菜店東主的謝君豪亦是全程以圍頭話講話。

電視劇方面，《EU 超時任務》（2016）王浩信飾演圍村村長渠頭，和其他村民有大量圍頭話的互動，在交談中包括口音和用詞都盡量還原圍頭話神髓。爲宣傳此劇，無綫電視（TVB）甚至舉辦了「圍村人・圍頭話暨 myTV SUPER 全城體驗」活動[2]，以及在 YouTube 上載「EU 超時任務 - 圍頭話教室」短片，令圍頭話在公眾前得到不少曝光機會。在 2021 年的電視劇《智能愛人》中，李佳芯飾演的機械人在劇中教陸永飾演的古家廉講圍頭話詞語，更唱出圍頭歌。電視劇令圍頭話更爲公眾認識，在網上論壇亦有人發文討論劇中的圍頭話的發音和意思。

客家話在電影中也經常被用作帶出角色身份或營造喜劇效果。在 1991 年，客家話便分別出現在幾部由當紅明星主演的香港電影中，如《縱横四海》講述三位孤兒砵仔糕、阿占與紅豆被養父培訓成國際大盜；其中有一段，砵仔糕（周潤發飾）用客家話逗紅豆（鍾楚紅飾），惹在旁偷看的阿占（張國榮飾）生氣。《Beyond 日記之莫欺少年窮》由 Beyond 四子主演，講述四個剛畢業投身社會的青年重尋音樂夢；交通督導員譚貫中（王貫中飾）提醒老婦別胡亂過馬路，反被老婦以客家話大罵。而在劉德華主演的《五億探長雷洛傳：雷老虎》中，客家老婦到沙頭角警署報失家禽，全程用客家話報案，偵緝大隊長雷洛（劉德華飾）在電影中用市區話與同僚和村民溝通，但面對客家老婦時亦用上了少許

2　2016年3月25日於荃灣廣場舉行。

客家話及客家單詞。

香港本來就有不少客家人口，明星藝人之中也不乏客家人。香港藝人成奎安本身是西貢南圍客家原居民，而陳小春祖籍惠陽縣，家裏也是客家人。在電影《古惑仔之人在江湖》（1996）中，便有一段劇情爲西貢頭目大傻（成奎安飾）與洪興社成員山雞（陳小春飾）以客家話講數。在《生化壽屍》（1998）中，由陳小春飾演綽號「無敵」的古惑仔，在戲中亦經常加插客家話。另外，電影《十二夜》（2000）中，少爺占飾演的電腦維修店店員打電話給祖母，用市區話向祖母索取一組數字密碼，祖母卻一直用客家話埋怨孫兒不顧家。

除了圍頭話和客家話外，水上話亦曾出現於香港電影中。2012 年的電影《浮城》劇情圍繞主角布華泉（郭富城飾）在戰後數十年的奮鬥史及漁民家庭的悲歡離合。兩位主要演員郭富城和在戲中飾演布華泉妻子阿娣的楊采妮都需要爲是次演出學習水上話。

影視作品中加入使用本土語言的角色，是直接增加公衆接觸的最佳方式，即使觀衆本身沒有該語言認知，亦能透過角色對白略聞一二。就本土語言推廣而言，「any publicity is good publicity（任何宣傳都是好的宣傳）」，但當中必然有一些定型——例如講圍頭話的一般是村長、土豪，說的盡是粗口或罵人的語句；客家話則多由鄉下老婦所講，角色往往顯得不識時務、不體面和無知。

電台及網絡傳播

電台和社交媒體也是推廣本土語言的有效途徑。主持人或資訊發佈者可以直接講解、教授本土語言，接觸到香港以及海外的聽衆和讀者。

電台節目要依賴聲音演繹，沒有字幕輔助，完全使用本土語言會比較困難，港台節目《瘋 show 快活人》[3] 便做了這樣的嘗試。該節目中每週有一個「客家婆」環節，由 DJ 李麗蕊主持，以客家話諧音引起的誤會作爲主軸，讓客家話可以在大氣電波中出現。

網上影片或串流平台也是推廣的場域。疫情期間，新界鄉議局在 Facebook 專頁上發佈了以香港本土語言（包括圍頭話及客家話）講解清潔衞生的短片，可見香港仍有一定數量只諳圍頭話或客家話的年長村民。

近年原居民或新一代原居民子女逐漸意識到保育族群語言的重要，YouTube 開始出現少量關於香港本土語言和圍村、漁民文化習俗的影片。香港語言學家劉鎮發教授爲客家人，自 2017 年起在 YouTube 經營「客家大學堂」頻道，已發佈逾 200 部客家話教學短片和客家文化介紹短片。2022 年，有香港 Youtuber 透過分享自身水上人背景，製作關於水上話的簡單教學 [4]。 2023 年，有香港虛擬直播主（VTuber）在直播中與本爲圍頭人的母親討論圍頭話的用字與發音 [5]。網上影片可以配上字幕，有助初學者或非母語者學習。這些短片都能引起原居民子女共鳴，甚至觸發起

---

3 香港電台第二台的休閒式雜誌節目，逢星期一至五早上 10 時至下午 1 時播放；逢星期三 12 時半有「客家婆 / 片段人間」短篇廣播劇。

4 YouTuber「小尼 Leyna」於 2022 年 10 月 27 日發佈「【香港漁民】水話分享 EP1」短片，超過 13,000 人次觀看。

他們重新學習家族長輩母語的動機。

語言推廣策略

城市化對本土語言的影響相當嚴重。語言不是死物，只有學者研究是不能傳承語言的。我們必須參考世界各地的成功例子。以下先簡介夏威夷語的復興之路[6]。

夏威夷本來是獨立國家，位於太平洋中心，有自己一套南島·玻利維西亞語系的語言，全盛時人口有數十萬。19 世紀時，夏威夷語是政府的公用語言，也是教育和社會共通語。然而隨着夏威夷王國 1900 年被美國吞併，當地通過了《English Only Act》法例，禁止在公立學校教授夏威夷語（該法令在 1987 年才廢除），導致夏威夷語在 20 世紀逐步式微，被英語取代；本族人也開始對子女使用英語，逐漸忘記祖宗的語言。

及至 1970 年代，使用夏威夷語的人口只剩約 2,000 人，能讀寫的更屬少數。故此在當地的語言復興計劃中，便設有不同的面向：

1. 文化上以播音作媒介，讓大家在大氣電波能聽到夏威夷語；
2. 開辦沉浸式幼稚園[7]，由老人照顧幼童[8]，營造本土語言環境；

5 VTuber「甜椒工房 Paprika Factory」於 2023 年 10 月 19 日進行「圍頭話入門！【艾路11】」直播。

6 有關夏威夷語復興運動歷程，可參考 Kawai'ae'a et al. (2007) 及 No'Eau Warner (2001)。

7 首間夏威夷語沉浸式幼稚園由非牟利組織 Aha Pūnana Leo 於 1984 年創辦，主張以夏威夷語作爲教學媒介語言（用夏威夷語學習），而非一門學科（學習夏威夷語）。

8 當時能說流利夏威夷語的以老人爲主，因此在未有足夠的夏威夷語老師前，讓年長的夏威夷語母語者照顧幼稚園的幼童是最直接能營造該語言環境的方法。

3. 少數使用夏威夷語的家庭協助夏威夷語的教學和推廣；
4. 學術界和民間持續爲夏威夷語爭取使用空間，並設立課程、編寫教材。

近幾十年的推廣成果顯著，現時夏威夷語的使用人數已上升至兩萬人以上（包括以夏威夷語作第二語言的人口）；有相當多家庭採用夏威夷語作家庭語言，出外才使用英語。夏威夷語能在學校內接觸、學習，也有相應的系統化課程，現已再次成爲社區中能聽到的語言。

參考夏威夷語復興的例子，香港的本土語言推廣應該做些甚麼呢？

香港人除了國家、民族、城市的身份認同外，也可以認識自己所屬的民系。及早推廣傳統習俗文化，可逆轉香港過度城市化而產生無根的一代。民間已有人編寫整理詞典、字典，亦慢慢有拼音系統，唯欠缺語言導師和有系統的教學材料以及學習環境，故此對本土語言必須對症下藥。以下是幾個較容易在港實踐的方向：

1. 加強鄉土文化推廣

八十後出生的港人自小在學校已從常識科認識香港四大民系[9]、新界五大族[10]等，對新界的祠堂和原居民習俗有簡單認知。不少圍頭及客家文化相關的項目已列入非物質文化遺

9 香港開埠前已在香港生活的四大民系爲本地人（即圍頭人）、客家人、水上人（即蜑家人）和福佬人（即鶴佬人），各有自己語言。

10 本地民系之中的錦田鄧氏、新田文氏、上水廖氏、上水侯氏和粉嶺彭氏都是在宋元明年間移居本地，合稱新界五大族。

產；近年坊間亦越來越多與香港建築、地道飲食、傳統節慶、社區歷史相關的書籍出版[11]。無論自身祖籍是否圍頭、客家等族群，社會大眾普遍較以往珍視這些文化資產。近年越來越多組織[12]舉辦圍村文化導賞團、傳統手藝工作坊、食品製作體驗等；香港特區政府在2022-2023年度的財政預算案更加入了「文化古蹟本地遊鼓勵計劃」，鼓勵業界推廣文化和古蹟旅遊元素的旅遊路線和產品。在介紹本地文化時，可結合更多本土語言元素，例如可考慮以《九約竹枝詞》[13]中的地名配合觀光，饒有趣味之餘又能連結本地史。

劉育（2005）認爲，古蹟建築物、博物館或相關文化展覽皆比較靜態，缺乏感染力，他主張透過可持續的生態旅遊業務去保育原居民民俗文化，而政府的支持配合民間參與，可爲保育本地民俗文化帶來希望。近年政府推行「同鄉文化」[14]，鼓勵香港人認識父母的家鄉，但不少香港居民世代居於城市，或者與祖籍已經失去連結，香港已經成爲了大家的唯一家鄉。在這個尋根、建立民族認同的過程中，即使他們不是新界原居民，也可以透過新界鄉土文化作爲切入點，反思自己家族的根和所承傳的文化。

---

11 單計2024年3月，便有《南涌講古》、《再現梅窩》兩本與村落地方史有關的書籍相繼出版，並各舉辦了五場或以上的分享會。

12 2023年舉辦過相關活動的組織包括但不限於——大坑火龍文化館、文化葫蘆、仁愛堂屯子圍新慶村青磚圍鄉郊社區服務中心、西貢海藝術節、沙頭角文化生態協會、沙頭角故事館、明愛龍躍頭社區發展計劃、長春社文化古蹟資源中心、香港本土語言協會、香港青年協會領袖學院、香港鄉郊基金荔枝窩客家生活體驗村、旅遊製作、薄鳧林牧場等。

13《九約竹枝詞》由晚清兩位於私塾任教的客家老師許永慶和羅文祥創作，詞中串連了大量香港地名和村落名，記錄了當時的新界地貌。

14 香港政府在2023年《施政報告》宣佈推出爲期三年的「同鄉文化推廣計劃」，提供撥款資助予同鄉社團舉辦推廣家鄉文化的活動。

2. 在社區營造安全空間

使用本土語言在心理關口上有很高門檻——要擔心對方是否願意、會害怕旁人目光、可能會回想到過往因使用「鄉下話」而被標籤、遭受白眼的經歷。香港沒有太多「安全空間」讓大家自在地使用本土語言。大家抵住社會常態的壓力，確實難以自由使用本土語言。有見及此，我們在社區可以多舉辦以本土語言進行的活動，讓這類場所成爲本土語言使用者或學習者安心傳承語言的地方。另一種方式是透過跨語（translanguaging）的策略（García & Li，2014），增加本土語言在不同場域的應用，始終香港本土語言現時能見度很低，難以在一般場合聽到。在討論本土文化時，可嘗試盡量加入本土語言的稱呼介紹，粵語介紹時市圍並行，或粵客並行。從詞彙開始，慢慢向大衆介紹新界文化。

3. 善用科技發展

運用多媒體製作更多本土語言的影視作品，例如透過 AI 技術進行翻譯、開發處理本土語言的工具。打字系統、文字轉語音程式、拼音轉換器、翻譯器等工具，都能降低本土語言的學習門檻、提高公衆的學習意欲。另外，可借鏡台灣「神霄 Sîn-siau」團隊的經驗，創作和培育本土語言的網上虛擬偶像[15]，以新型態的傳播工具將香港本土語言帶入新一代青年人的世界。

---

15 台灣「神霄」團隊爲了傳承台語文化，以新莊廟宇神祇爲原型，創作出幾位「神明代理人」VTuber 角色。

4. 結合幼兒教育

上面提到夏威夷語的復興，其中一環是建立沉浸式的幼稚園。香港現時已有兩文三語，表面上沒有空間在幼稚園加入本土語言，但實際因爲圍頭話和客家話與市區話接近，要在幼兒教育中加入一些兒歌童謠，或鄉土元素，是有相當空間的。讓大家從小建立與地方的紐帶，而這點要由幼兒教育工作者去行前一步。

5. 珍惜家庭傳承及社區聯繫，主動學習

要保育語言，家庭傳承始終是最重要的，如社會語言學泰山北斗 Joshua Fishman（1965）便強調，家庭是語言的最後壁壘。圍頭人、客家人首先當然要從家庭做起，多向長輩學習，也鼓勵長輩在家中與幼兒使用。這樣才能爲語言帶來新生命。如果伴侶的家庭是本土語言使用者，不分年紀，都可以努力學習，以增加在家庭環境使用。爲了與配偶父母溝通而學習，是絕佳的動機；爲兒女學習、爲維持海外親人的聯繫，同樣非常值得的。

行動及展望

以上措施是針對上一章提到的語言瀕危的對策，因爲各種本土語言的使用範域不斷縮窄，如今已達瀕危的程度。

Sherman Lee（2008）在論文裏討論了沙頭角的客家話傳承情況——沙頭角位於禁區，受市區居民影響較小，但客家話的傳承情況亦不容樂觀。劉鎮發（2021）亦提到客家話的使用人口

下降趨勢嚴重：「我估計不到三十年，會說香港原居民客家話的人將不超過一百人，而且使用者在語音詞彙方面可能也會有嚴重的不足。⋯⋯最近幾年，我發現香港客家話正在迅速萎縮：一是人數的萎縮，這是一個恐怖的數學題。萎縮是呈幾何級數增長的。一個能說流利客家話老人的逝去，除了帶走自己的客家話以外，他們的子女也因為不再需要以客家話跟父母交談，自此也不再說客家話了。於是客家話的消失以雪崩的形式出現。二是客家話本身的退化。除了 1935 年前出生、曾經用客家話唸過課本的少數老人家以外，絕大部份香港客家話使用者都是廣州話說得比客家話流暢。於是客家話也大受廣州話影響，用詞和發音跟長輩的有一定差別。」

相較客家話，圍頭話近年減退的速度更快。由於圍頭話與市區話相似，容易被對圍頭話或本地史不瞭解的人誤會那是「不純正的市區粵語」，令圍頭人更忌諱在社區內使用圍頭話。即使是在圍村內，近年亦難以覓得能完全以純圍頭話溝通、不夾雜市區話的母語者。圍頭話教材亦相對較少，亟需要大家正視。

本土語言減退速度極快，我們需要與時間競賽，及時在政策、機構及個人層面去推廣。

聯合國的可持續發展目標（Sustainable Development Goals，簡稱 SDGs）第 11.4 項[16] 指出全球各地應着手推廣保存世界文化與自然遺產。這是香港各界，包括政府和民間都積極爭取的。同時，全球各地也有不少復興、活化本土語言的嘗試，如紐西蘭推廣毛利語、威爾斯的威爾斯語復興等；東亞的語言保育

16 聯合國 SDGs 第 11.4 項爲「Strengthen efforts to protect and safeguard the world's cultural and natural heritage」。

也正逐步趕上，有不少值得借鑒的例子。另外也要明白以上談及的三個語言復興計劃[17]，面對的皆是非常強大的英語，而且都是與英語屬不同語系的語言，在這般嚴峻的情況下仍能取得成功，對香港在本土語言的推廣上起着很大的鼓舞作用。

目光放回香港，現時的首要目標是鼓勵原居民子女繼續學習，讓薪火不滅；同時也要讓香港人建立本土語言的基本認識。要達到這點，有需要降低學習門檻——幸好圍頭話、客家話都是南方漢語，與普通話相比，兩者和市區話本來距離就不算太遠。我們的行動是首先令成人了解到，要學聽不太難，想學講也可以做到。

香港人學習外語動輒以五年、十年作單位，相比之下圍頭話、客家話易學得多。你願意投放二十個小時，或是抽出兩個週末的時間練習嗎？條件許可的話，在語言環境中沉浸是最理想的學習方式。家中或社區內若有講圍頭話、客家話的長輩，請懷着謙卑的心努力學習模仿。聽完本書收錄的故事後，可以參考附錄的轉換規則，或者可以建立一種漢字與發音的即時反應。

香港社區資源豐富，容易支撐相關計劃，日後我們也會不斷舉辦學習活動，屆時希望能有更多朋友參與，故此希望能藉着此書，可以先讓大家起步學習。

17 夏威夷語、毛利語及威爾斯語。

本章關於本土語言的分類、描述、使用狀況，整合了各範疇學者的研究成果，主要參考文獻在下面列出，內文不再逐項引用：

- Fishman, J. A. (1965). Who Speaks What Language to Whom and When? *La Linguistique, 1*(2), 67-88.
- García, O. & Li, W. (2014). Language, Bilingualism and Education. In *Translanguaging: Language, Bilingualism and Education*. London: Palgrave Pivot.
- Irvine, J. T., & Gal, S. (2000). Language Ideology and Linguistic Differentiation. In *Regimes of Language: Ideologies, Polities, and Identities* (Kroskrity, P.V. Ed., pp.35-84). Santa Fe, NM: SAR Press.
- Kawai'ae'a, K. K. C., Housman, A. K., & Alencastre, M. (2007). *Pu'a i ka 'Olelo, Ola ka 'Ohana: Three Generations of Hawaiian Language Revitalization*. Distributed by ERIC Clearinghouse.
- Lee, S. (2008). *A Study of Language Choice and Language Shift among the Hakka-speaking Population in Hong Kong, with a Primary Focus on Sha Tau Kok (Doctoral Thesis)*. Hong Kong: City University of Hong Kong.
- No'Eau Warner, S. L. (2001). The Movement to Revitalize Hawaiian Language and Culture. In *The Green Book of Language Revitalization in Practice*. Leiden: Brill.
- 劉育（2005）。〈以 21 世紀精神探討香港客家文化資源的可持續發展〉。載於劉義章（主編），《香港客家》（頁 216-235）。桂林：廣西師範大學出版社。
- 劉鎮發（2021）。《香港客家話研究》（頁 IV-V）。香港：中華教育。

故事集編寫及製作

前文提到，本計劃主要目的是探索語言傳承的可行策略，因此這次的編輯工作並非單純的故事收集，而是要從故事出發，製作成既可作消閒閱讀，亦可供教學之用的讀本。以下分享一下製作上的具體流程。

故事採集

計劃的第一步，是從新界各處收集圍頭和客家村落的小故事。

考慮到文化保育和語言保育的平衡，我們用了「採風」形式，希望發掘各種民間口耳相傳的故事。那麼，故事從何而來呢？原來要收集也並不如想像中簡單。先從市區人的角度想想，你能說出多少個香港文化相關故事？我們長大過程中讀過不少中英文的故事書，隨口都能說出〈臥薪嘗膽〉、〈守株待兔〉一類的華文成語故事，也必定會聽過來自西方的〈白雪公主〉與〈灰姑娘〉；至於香港市區，則似乎沒有甚麼家傳戶曉的故事了。新界的情況亦相類似，受訪者可能小時候聽過一些傳說、從長輩口中聽過一些往事，或是記得童年經歷過的儀式等等，這類故事起初或許並不完整，無法直接逐字筆錄，因此雖然名為「故事採集」，但很多時候其實倒是從與受訪者的閒談間，將相關對話內容整理而成。

計劃初期，我們將錄音訪談節錄，改寫成較簡潔的文字，再交由受訪者或發音人錄音。後來發現不少受訪者其實也享受創作過程，於是我們會一起討論、潤飾，再請對方按新版本錄音。各種方式收集的錄音以電子方式儲存，並按錄音忠實逐字轉寫，成爲故事集的核心材料。而在校對時因發現了少量口誤，因此也補錄了部份的句子。

經整理後，決定收錄到書中的故事可分爲童話故事、民間傳說、古蹟歷史、傳統風俗與鄉村生活等主題。當中的童話故事均基於民間流傳的故事編寫而成，創作成份較強，而其他四類則更貼近於受訪者所提供的原有內容。

圖像及多媒體元素製作

我們希望故事集能夠接觸到普羅大衆，包括不懂圍頭和客家話的家庭，更期望能吸引下一代閱讀與學習，所以決定加入圖像元素，邀請得多位香港本地插畫師繪畫配圖，以四格漫畫方式來呈現故事。至於題材與生活、古蹟相關的故事，我們則認爲用眞實的照片效果會更佳，較易讓讀者理解，因此也使用了不少現場拍攝的照片。

至於此書的電子版，除了靜態照片之外，我們還特別結合了錄音檔案，同時亦試驗了各種技術，包括由靜態圖像後製而成的簡單動畫等，希望可以提供多種感觀享受，提升學習本土語言的趣味。

教學內容編寫

我們明白不少圍頭人和客家人期望能有更多語言學習上的支

援，因此除了故事的文本和錄音外，本書也加入以下元素：

1. 特色詞語或特別發音會在文本加入註釋；
2. 故事篇前，設有兩章講述圍頭話和客家話兩種本土語言的特色，讓讀者掌握最基本的概念；
3. 附錄提供爲香港人編寫的圍頭話、客家話語音系統描述，其中圍頭話部份附有練習，幫助讀者掌握漢字音的轉換規則；
4. 客家話故事提供完整拼音。每個漢字上面都有以香港客家話爲準的讀音，拼音先透過程式轉換，再逐字人手校對，希望可以幫助想精進發音的讀者；圍頭話的拼音轉換系統尚在開發當中，抱歉暫時未能提供。

以下是本書的網站連結，入內可以找到相關的電子錄音檔：

最後還想說說的，就是本書並非完整的圍頭話、客家話入門教材，只是希望讓大家能接觸與初步了解一下這兩種語言。今次計劃順帶發展的各種材料和技術，相信可以輔助未來的教材編寫，讓讀者能更有系統地學習。

第二章

圍頭話篇

圍頭話特色

圍頭話是紥根本地的粵語分支，而香港人日常使用的市區話是廣州話系統。兩者同屬粵語，因過去數百年一直分開發展，語音和詞彙出現了不少差別。市區話的使用者聽到圍頭話應會感到既熟悉又陌生，覺得是「讀歪少少」的市區話，卻又未必能指出具體分別。

圍頭話是一套完整的系統，有自身的語音、詞彙、語法體系，保存了一些市區話已經流失的詞語，也發展出獨特的發音和語法，是香港多元語言環境中重要的一員。本章先爲大家概括介紹一些基本特色。

圍頭話例子

以下是〈圍頭饞嘴妹〉的故事節錄，請先聆聽錄音，記下你對圍頭話的整體印象。

我細個嗰陣時，同阿婆整清明仔。

我就負責挼啦，阿婆就負責搓粉啊，煲糖水啊，加眉豆啦，落糖啊落去啦，我就負責挼啦。嗰啲清明仔呢，就好多油嘅。佢落好多豬油去搓埋一齊嘅。我就淨係識幫手挼啫。

挼下挼下，隻手咪黐埋好多油囉。黐埋好多油呢，好似好【骯屎】噉啊。好【骯屎】呢，就去擦去洗囉。

- 從文本看，意思難懂的只有「**骯屎**」一詞，意思是「骯髒」。其他用字跟市區話沒有太大區別，例如「挼」、「搓」即揉擦，「黐」即是黏。
- 聲調整體高低起伏不同，如「負責」聽起來像市區話的「負宅」，「煲糖水」像市區話的「報糖水」，「豬油」像「駐油」、「幫手」似「磅手」等等。「搓」、「黐」亦比市區話低音。
- 字詞發音有明顯分別，如「清明仔」聽起來像「趁盟仔」、「識」聽起來像「塞」、「擦」聽起來像「賊」等；「整 zäng」、「粉 fäng」、「煲 bäu」、「去 hü」、「佢 kü」，但應該是一般人能聽懂的程度。

學習圍頭話有沒有需要像學習外語一樣，背生詞、學語法呢？如果已經懂得市區話，要學會圍頭話基礎只需要掌握三件事——其一是**發音的微調**，其二是顯著但**有系統的對應**，其三是**掌握特殊的讀音、詞語、講法**。以下我們會由淺入深，舉出相關例子。

本章描述以新界北部爲基礎；上水、粉嶺、元朗、屯門的圍頭話非常相似，但發音和詞語會有一些地域分歧，本篇未能一一列舉。如果文字或錄音內容與日常經驗不同，請務必以長輩的發音和用法作準。

語音篇

1. 發音微調

第一個必須掌握的發音特點是字音的收尾部份，即「韻腳」。試用市區話對鏡讀出以下兩組單字，並留意嘴唇形狀：

-m 尋	-n 陳	-ng 層
-p 濕	-t 失	-k 塞

尋 -m、濕 -p 是合口，陳 -n、失 -t 可以看到牙齒，層 -ng、塞 -k 就是開口。圍頭話沒有中間這一組。簡單來說，講圍頭話時，按理不會露出牙齒。凡市區話韻腳是能見到牙齒的，圍頭話都要張開口。

因此，圍頭話會比較多同音字——市區話「陳」和「層」讀音不同，而圍頭話「陳」、「層」同音，都讀成市區話的「層 cäng4」。另外還有【田→停】、【貧→朋】、【文→盟】、【陣→贈】、【雲→宏】等；市區話的 -n 在圍頭話均讀成 -ng。

同理，市區話中韻腳靠前的 -t 在圍頭話中也一律讀作 -k。「失」、「塞」這兩個字在圍頭話中同音，均讀成近似市區話的「塞 säk2」；「襪」和「墨」在圍頭話的發音都是「墨 mäk6」。

有時市區話不一定有對應的同音字，如「人 yäng4」、「日 yäk6」、「實 säk6」。用圍頭話讀，收尾都一定要張開口，不能只露出牙齒。

2. 有系統的對應

2.1 高低音的差異

圍頭話另一個明顯的不同是高低音，即術語所稱的「聲調」。圍頭話大部份單字的聲調是和市區話完全相同的，例子如下：

〔微升〕 蟻、咬、馬、蟹、米、奶、五；（第 1 調）
〔高升〕 火、酒、水、仔、佬、手、頸；（第 2 調）
〔極低〕 牙、茶、柴、鞋、油、蛇、唔；（第 4 調）
〔低平〕 餓、後、舊、杏、賣、尿、鬧。（第 6 調）

以下三類差異，是比較明顯和有系統的。

a. 市區話最高音的「舒聲字」（「陰平」）[1] 在圍頭話要壓低。例如圍頭話中，「詩」要讀作市區話的「市／試」[2]；「威」要讀作「偉／餵」；「貪」要讀作「淡／探」等。這便解釋了為何在〈圍頭饞嘴妹〉錄音中，「豬油」聽起來像市區話的「駐油」，而「幫手」像市區話的「磅手」，因為「豬」和「幫」都被壓低了。此類例子非常多：**風、花、天、山、坑、金、光、刀、雞、新、多、箱**等，通通要壓低音讀。

b. 市區話的高音和中音的「入聲字」（「陰入」）[3] 經常會變成往上升的讀音，如**濕、執、搭、腳、黑、屋**等。在〈圍頭饞嘴妹〉錄音中，「責」的音調是向上升的，讀起

1 調值為 55 或 53，術語謂之市區話中的第一聲，例子包括「詩 si1」、「威 wai1」、「貪 taam1」等。
2 在圍頭話中，「詩」、「試」、「市」同音。
3 以 -p、-t、-k 收尾的字。

來像「住宅」的「宅」。

c. 聲調會按照語流改變，其中本來讀作上升的音，會變高平。例如「想」單用時，圍頭話和市區話是近乎同音的。但如果是「想飲」、「想買」，「想」後面連着其他字，就會讀成市區話「傷」的發音，即「傷飲」、「傷買」。又例如「水」在「水田」聽起來似「衰停」[4]，「飲嘢」聽起來像「陰也」。

2.2 較易辨認的對應

以市區話爲基礎，我們可以將不少音節有系統地轉換成圍頭話的發音，例如以下這些：

・市區話 -ik → 圍頭話 -äk

漢字	圍頭話拼音	市區話近音
識	säk2	塞↗
力	läk6	勒
滴	däk6	特

・市區話 -in → 圍頭話 -ing

漢字	圍頭話拼音	市區話近音
棉	ming4	明
邊	bing1	丙
田	ting4	停
前	cing4	情

4 由於圍頭話沒有 tin4 這個發音，圍頭話「田」讀成 ting4，聽起來像市區話的「停」。

· 市區話 -ing → 圍頭話 -äng

漢字	圍頭話拼音	市區話近音
停	täng4	騰
景	gäng2	梗
明	mäng4	盟
靜	zäng6	贈

· 市區話 -eoi → 圍頭話 -ü

漢字	圍頭話拼音	市區話近音
女	nü1	／
佢	kü4	／
去	hü1	／

· 市區話 -ou → 圍頭話 -äu / -u

漢字	圍頭話拼音	市區話近音
好	häu2	口
冇	mäu4	謀
老	läu1	柳
數	su1	／
做	zu6	／

· 市區話 -oi → 圍頭話 -öi / -ui

漢字	圍頭話拼音	市區話近音
菜	cöi1	脆
袋	döi6	隊
來	löi4	雷
再	zöi1	醉
愛	wui1	會
開	fui1	悔
會	fui1	悔

以上都是一些有系統的變化，只要多聽故事和對話，就能逐步掌握。

2.3 較難猜測的字音對應和需要特別注意發音的詞語

少數字音，在市區話和圍頭話差異較大，較難猜測。例如：

漢字	圍頭話拼音	市區話近音
渴	fuk2	福↗
汗	fung6	鳳
春	cäng1	親
出	cäk2	賊（更短促）

大致掌握語音對應後，也要注意一些發音較特別的常用基本詞：

漢字	圍頭話拼音	市區話近音
佢	kü4	／
嘢	ya1	也
知	di1	啲
等	täng2	／
冇	mäu4	謀
呢個	ne2 go1	／
在	cöi1	／

2.4 市區沒有的獨特發音

圍頭話有一些市區話沒有的元音，但你可能在學習英語或法語時遇過。例如以下 -ang 和 -ak 的組合，發音近似國際音標的 [æ]，是英語「man」、「thanks」等詞的元音。（為突顯圍頭話發音特徵，以下兩組拼音也分別可寫作 æng 及 æk。）

漢字	圍頭話拼音	英語近音
生	sang1	sang
行	hang4	hang
煩	fang4	fang
發	fak2	fact
白	bak6	back
邋遢	lak6 tak2	lack tack

拼作 -ong 或 -ok 的詞語，某些地區（尤其是新田、上水、粉嶺）會發成國際音標 [œ] 的發音，即市區話「靴」但開口要更一些。

漢字	圍頭話拼音	市區話近音
講[5]	gong2	姜（上升，開口更大）
床	cong4	牆（開口更大）
角	gok2	腳（開口更大）
惡	ok2	／
學	hok6	／

5 「江 gong」元音讀如 [œ] 的地區，「薑 göng」的韻母發音較長而開口較窄，音標可記作 [ʏœ]，不會相混。

詞語篇

下表列出一些圍頭話的特色詞語，當中有些是香港市區本來有，但已消失的；亦有些是圍頭話的特別發展。

漢字	圍頭話拼音	市區話／英語近音	市區話講法
哪誰 阿誰	lai4 söi4 a1 söi4	泥垂 亞垂	邊個（人）、誰
選個	süng2 go1	選個	邊個（物件）
料	liu6	料	玩
吃	hek2	hack	食
去歸	hü1 gwäi1	hyu 貴	返歸
蒔田	si4 ting4	時停	插秧
衣裳	yi1 söng4 yü1 söng4	意裳 與裳	衫
海沙	fui2 sa1	灰沙	鹽
那下	na2 ha1	瘀下	家下、而家
伶俐	läng4 li6	能 lee	乾淨
能解	läng4 hai1	能蟹	叻、能幹

語法篇

除發音、用詞外，圍頭話有自己獨有的語法，以下列舉幾個常見例子。

「**頭 täu4**」大概指「地方」（如「選頭」＝「哪裏」）或「喺度」，可以加在動詞後，指持續做某個行爲：

・企**頭**唔好郁。　(ki1 täu4 m4 häu2 yuk2)
・坐**頭**吃。　(co1 täu4 hek2)

「**吼 hau6**」或「**哺 bu6**」放在動詞後面，表示完成狀態，相當於市區話的「咗」：

・我吃**吼**飯啦。　(ngo1 hek2 hau6 fang6 la1)
・阿誰來**哺**嗎？　(a1 söi4 löi4 bu6 ma1)

用「**時 si4**」作選擇，即市區話的「定係」：

・我去**時**你去啊？(ngo1 hü1 si4 ni1 hü1 a1)
・你中意吃粥**時**吃飯？
(ni1 zung1 yi1 hek2 zuk2 si4 hek2 fang6)

市區人要聽懂圍頭話、掌握最基本發音理應不難。下一節收錄的 20 個圍頭話故事，附設的錄音（請見下頁 QR code）來自新界不同地方的圍頭話，希望可以爲大家提供學習基礎。而本章介紹爲普羅大衆而寫，故此用語盡量淺白，如需較完整的語音描述，敬請參看附錄。

圍頭話故事

以下 20 個圍頭話故事附設錄音檔：

皇姑嫁睇牛仔

插畫：Susan Ho

公主竟然唔係嫁王子，而係嫁咗俾個**睇牛仔**[1]喎？點解宋朝一位公主會嫁咗俾錦田圍村嘅睇牛仔呢？相傳就係噉嘅：

宋朝嗰陣時打仗，好多皇室成員流落來民間。其中

1. **睇牛仔**：看牛郎

一個公主就同佢嗰啲隨從走難落來香港錦田圍村。嗰陣時錦田好荒蕪，公主落到來呢好悶，冇咩嘢可以做。佢都想學多啲話嘅，同圍村嗰啲睇牛仔傾下偈解下悶𠻹囉。𠻹佢就問其中一個睇牛仔：「你冇嘢做㗎？帶我去**料**[2]，同埋遊山玩水啦。」如是者，睇牛仔就帶公主出去玩喇。

2. 料：玩

公主有日想出去后海灣溜。嗰陣係用兩個大盆一前一後噉紮住，用一支竹篙噉撐出海嘅。啲隨從本來唔想俾睇牛仔噉樣帶公主出去嘅，始終有危險㗎嘛。

不過又唔想公主唔高興，又見睇牛仔幾老實。噉就同兩個講話：「潮水漲，你兩個就返來喇喎。唔好漂咗出去后海灣出面喎！」隨從又同睇牛仔講：「唔好撐公主去深水嘅**埞方**[3]喎！」

3. **埞方**：地方

就係噉，睇牛仔攞咗支竹篙一撐，就由錦田河一路撐出去后海灣。噉點都有啲風浪，好在公主有睇牛仔陪住，冇咁驚，最終兩個喺潮水漲滿之前安全返上岸。

公主日日同睇牛仔出去玩同埋傾偈，慢慢學識講圍頭話，仲鍾意埋個睇牛仔，噉就嫁咗俾佢囉。

到天下和平，當時皇帝搵返公主，確認佢皇族嘅身份，計輩份係自己姑姐，所以係「皇姑」，仲封埋睇牛仔係駙馬。

大埔有老虎

插畫：Sharon

大埔原名叫「大步」。據說因爲嗰陣時嗰頭有老虎出沒，就起咗呢個名。古時大埔嗰頭，連住大帽山嗰一帶好多樹、生到好密，好啲野生動物住，包括埋啲老虎。

嗰陣時，附近嗰一帶啲居民出入，自自然然就驚喇。所以行過嗰一帶嗰啲人就提心吊膽，甚至要結埋成群人噉樣，大家有照應大步噉離開，噉所以個名叫「大步」。

現時老虎梗係喺香港冇啦，「大步」呢個名就改口叫大埔。不過現時仍然都可以喺大埔墟入邊搵到老虎以前出沒過嗰啲痕跡嘅。附近林村河嗰個錦山村，據以前啲人講係叫

「禁山」，因爲當時仍然有老虎出現嘅陣時，啲人提心吊膽，「禁山」就係叫啲人唔好入去嘅個意思，後來就改名叫錦山。

此外，連接住大帽山嘅個元墩下，相傳又曾經出現過老虎。當然，**那下**[1]就剩下大埔

1. **那下**：現在

居民口中嘅「大埔有老虎」同埋「禁山」嘅傳說喋喇。

楊侯傳說

屏山古井嗰頭冇幾遠，有座楊侯古廟，據說就幾百年歷史。呢個楊侯嘅身份同傳說就有好多。

有啲人話呢個楊侯即係南宋末年忠臣楊亮節，佢因爲保護宋帝而死吼[1]嘅，後人就供奉、拜佢喇。有啲人就講楊亮節封侯嘅經過，又有一個傳說。相傳楊亮節就係一個書僮，唔識功夫嘅，主要負責服侍主人上京考試，包括埋搬行李啊、煮埋飯俾人吃㗎喇。

有一次，嗰陣時嘅皇帝派吼個將軍帶住啲士兵出去做嘢，有任務喇，點知佢哋喺任務嗰度遇到麻煩，全部將軍士兵都有生命危險。結果路過嗰個楊亮節出手幫佢哋，搏晒命噉樣救返嗰啲將軍同埋嗰啲士兵。救到嗰啲將軍就同埋嗰啲士兵返到去見到皇帝，表揚楊亮節忠勇之舉。

皇帝本來就唔係咁信一個書僮有噉嘅本事

1. **吼**：相當於「了」、「咗」

嘅，於是就傳召士兵個個噉樣問佢喇，結果個個士兵都係話，佢冇講假話嘅。皇帝就好開心噉樣，決定親自召見楊亮節，確認佢嘅功績。唔出名嘅書僮楊亮節就封爲侯，即係一個楊侯。佢死吓之後，啲人又同佢起咗間廟、又拜佢，噉就有咗呢個楊侯古廟喇。

丫髻山風水名穴

（香港元朗鄧族）始祖漢黻，宋承務郎，喺北宋嘅時候，開寶六年（公元 973 年）喺家鄉江西吉水縣白沙村向西行，經過大庚嶺進入廣東南雄珠璣巷，被認爲係鄧族入粵嘅始祖。

佢曾孫符協，宋熙寧進士，喺南雄做副官，後來佢派到陽春做縣令。佢對風水好有研究，任滿之後，遍遊山水，追龍溯脈，經過屯門，見到青山同大帽山，山形毓秀、火木參天，呢度一定有靚地。果然喺丫髻山搵到兩穴，喺山貝嶺又搵到一穴；見到大帽山猶有上結，跟住去追龍去到荃灣曹公潭，又搵到一穴。

因爲呢四個穴地實在太靚，遂起咗遷居之念，於是佢將三個祖先嘅墓墳搬嚟。其中一個穴「玉女拜堂」安葬（曾祖父）漢黻祖，其二穴「金鐘覆火」安葬（祖父）粵冠公，第三穴「半月照潭」安放（父親）日旭公，第四穴（「仙人大座」）留返自己用。後來見到龍脈終於錦田，經過問卜，所以定居桂角山下岑田。

符協生咗兩個仔，大仔叫阿陽，細仔叫阿布。阿陽生阿珪，阿布生阿瑞。阿珪生咗兩個仔，叫做元英、元禧；阿瑞生三個仔，叫元禎、元亮、元和，合稱「東莞五元」。後來子孫成立鄧都慶堂，共同管理產業，並輪值拜祭以上四位先人。

鄧公漢黻祖墓重修碑記

吉慶圍文物二三事

吉慶圍本來係一條山村嚟嘅，好似其他村噉，好似北圍村噉係山村嚟。

應該係明末清初嗰陣，周圍都好多賊、好多山賊，打劫又盛。當時，廣瑜祖其中一個後人，就好有錢嘅，出錢起咗吉慶圍呢個圍牆。嗰個圍牆就四四方方，十零米高，有四個砲台，互相監視噉啦。有護城河，個門口得一個出入㗎啫，方便防守，同埋佢有個鐵閘，噉有咩事就閂埋鐵閘，就好好多。

同埋呢條圍以前呢，我聽老人家講，有好

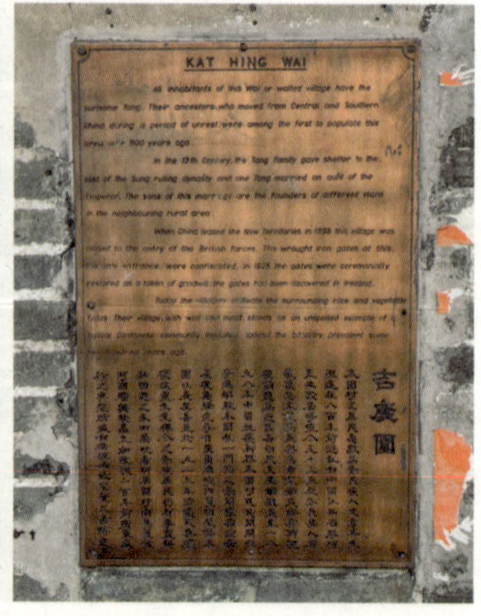

多舊嗰啲槍、嗰啲砲嘅。但係喺日本仔嚟到香港嗰陣，俾佢哋攞埋走。而家仲有一支，喺邊度揾到呢？就係嗰個護城河入邊揾到嘅。當年每年秋、冬天，護城河就冇水㗎喇，就俾人發現一支砲。呢支砲就放喺個神廳入邊。

以前吉慶圍有條龍船嘅，嗰條龍船坐七十人，喺邊度舞呢？就喺近紅毛橋嗰邊，佢有個地方撐龍舟嘅。噉撐完龍舟呢，嗰個龍船就埋喺近錦田河個河底度嘅。嗰個船槳、船舦仲係我哋條圍嗰度，但喺啲龍船船身已經唔見晒㗎喇。嗰個龍頭個喉核之前俾啲遊客偷咗，我哋後期2015年先補返上去。

（左上）吉慶圍圍牆；（左下）神廳內的大砲；（右）護城河遺蹟

錦田便母橋

插畫：Sharon

錦田便母橋，清朝嗰陣有個叫鄧俊元嘅人出錢起嘅。佢早年老豆就唔喺度㗎喇，由佢阿媽黃氏一個人養呢兩兄弟。後尾鄧俊元娶埋老婆，生埋兩個仔，搬到去水頭村，黃氏同個細仔仲係住喺泰康圍。

黃氏好**惜**[1]兩個孫，差唔多日日去探佢

1. **惜**：疼愛

個孫，夜晚先返返去泰康圍。當時泰康圍同北圍村之間有條河，鄧俊元早晚要**孭**[2]佢**老母**[3]過河，非常之唔方便。如果潮水漲就過唔到嗾，要等潮水退先過到河。

所以鄧俊元爲咗方便佢老母過河，就立心存錢，買咗六條長嘅麻石，又請福建來嘅泥水佬，前後用咗六年時間，起咗呢條橋，呢條橋大概長八米咁長。

2. **孭**：背　　3. **老母**：母親

鄧俊元呢個故仔廣爲俾人知道，喺清朝中葉嗰陣《新安縣志》都有記載呢件事。呢條橋至今都有三百年，每年都有維修，仲有立碑「重修水頭村便母橋碑記」去紀念鄧俊元嘅

孝德。到**冧下**[4]爲止，已經有條新橋喺度，但係嗰條舊橋仲喺度，因爲個意義仲喺度嘛。

4. 冧下：現在

錦田樹屋

錦田北圍村水尾有個好出名嘅樹屋呢，係一個古蹟嚟嘅，好多人去睇。

嗰個樹屋嘅來源，有人話原本係間屋嚟嘅。呢間屋嗰家人，因爲清政府要當年嗰啲人搬返大陸，就丟空間屋。噉呢間屋之後就有好多榕樹喺旁邊生出嚟，冇人理。於是榕樹嗰啲根一路生、一路包住間屋，全部包住，一路生上去，生到上頂。就變咗下邊啲樹根包住間屋，啲葉好濃，就係噉形成囉個樹屋。

但係又有人話，呢個樹屋以前係天后廟嚟嘅。天后廟冧**吼**[1]冇人理，噉啲樹喺度生生生生，跟住包住間天后廟；都係傳說啦，都唔知嘅。跟住又有人話係嗰個書齋嚟嘅，都係傳說啦。就係同一原理，**扑扑齋**[2]冧吼冇人理，啲樹包住佢生，生到上去，變咗樹屋噉囉。呢個就係個歷史喇。

1. **吼**：相當於「了」、「咗」　　2. **扑扑齋**：私塾

屏山古井

屏山有個古井，就係元朗屏山文物徑其中一項古蹟。嗰個古井喺楊侯廟同上璋圍之間嗰條路仔側邊。古井幾時起呢？就冇乜人知㗎喇。有啲人就話有二百年歷史，有啲人就話成六百年㗎喇。

個古井嗰個口就造到六角形嘅，有啲人就話呢個係風水嘅問題，好似話「六六無窮」噉；又有啲人就話呢個六角形係方便嗰啲村民擔水嘅。喺政府校好水喉之前，呢個井就係坑頭、上璋圍嗰兩條村嗰啲人主要攞嚟吃同埋

種水嘅，可以叫得上呢個井係條命嚟㗎喇。

家下屏山嗰啲居民就唔使用呢個井嚟擔水吃㗎喇。呢個井而家有啲鐵絲網嗰啲嘢封住咗嘅，擔心啲小朋友、細路仔跌咗落去。又有啲人嗰陣時見到個井冇人用，有好多草，就洗好個井。洗乾淨喇，噉就攞嚟養魚，好過養蚊。養養下魚，啲魚都好大條㗎喇，噉啲人經過、行過，就見到啲魚好靚，好多人就喺個井嗰度影下相、玩下、**料**[1]下噉樣㗎喇。家下個井就變成文物徑一條風景線嚟㗎喇。

1. **料**：玩

屏山聚星樓

屏山文物徑好多呢啲法定古蹟，包括埋有座超過六百年歷史嘅聚星樓，又叫「文塔」。噉喺香港**那下**[1]，現存係得呢座塔㗎喞。

聚星樓由青磚嚟起，造到六角形，塔身個樣就由底尖上去，好似一支毛筆噉樣。相傳原本呢座塔七層高，噉後來打風，冧**叽**[2]四層，後來整返，剩低而家嗰三層。

根據屏山嘅原居民介紹，相傳屏山鄧族嘅祖先見到啲子孫會打功夫，但係讀書就唔係咁叻，好少有子孫考取功名。後來就請咗個風水先生俾下意見。風水先生睇過屏山一帶嗰啲風水之後，叫屏山嗰頭起座塔嚟改善下嗰度啲風水，噉即係而家嘅文塔。啲人傳返落嚟，就話喺文塔起好之前，屏山嗰啲鄧族子孫好多都考到武舉人，但係喺起好呢座塔之後，屏山唔剩止出到武舉人，連文舉人都出到。

1. **那下**：現在　　2. **叽**：相當於「了」、「咗」

聚星樓
光射斗垣

打醮行香

攝影：Ivan Wong Gallery
www.facebook.com/ivanwonggallery

錦田打醮傳統喺邊度由來呢？就係康熙年時代下令所有沿岸嗰啲人內遷五十里，因爲驚啲人同明朝嗰啲遺民有聯繫、接濟啲遺民，所以就要啲人入遷。當時唔剩止錦田，上水、沿岸一帶嗰啲人都唔想去，就要求當年嘅兩廣總督周有德、廣東巡撫王來任上書朝庭，俾我哋留低。後尾皇帝恩准，噉就留係度喇。

我哋姓鄧嘅就起咗一個廟，叫周王二公書院，多謝佢、紀念佢。仲有我哋每十年做

一次打醮，呢個打醮就叫「酬恩建醮」，多謝呢兩個總督巡撫嘅恩惠，十年做一次。

打醮嘅內容係咩呢？有兩部份——第一部份主要拜神，第二部份就係做大戲。

第一部份拜神就係六日五夜，我哋每條圍會打緣首、打聖杯，排六十名。呢六十名，六日五夜之內，由朝、午、晚、半夜都要拜神，拜唔同嘅神。由道教師傅帶住我哋，祭小幽啦，做好多好多唔同嘅儀式。做完之後就改戲棚，一個月後做大戲。

做大戲就做五日，第一場叫做〈六國大封

相〉。〈六國大封相〉主要俾鬼睇嘅，所以有好多人話：「第一晚開台嗰日，嘩，見到好多嘢好多嘢！」你信就當係有，唔信就冇。

頭嗰個部份，我哋打醮，我哋仲有第三日去「**行香**[1]」嘅。點為之「行香」呢？我哋咁多人去每條圍、每條鄉去上香，跟住有龍有獅拜住嘅。

第一就北圍村、水頭、水尾，跟住高埔，跟住吉慶圍，跟住祠堂村，跟住永隆圍，跟住泰康圍，跟住返嚟大廟，噉就好熱鬧嘅。第二日去「行香」行邊度呢？行到元朗英龍圍，

1. **行香**：或稱「行鄉」

行完英龍圍就穿過西邊圍，再穿過元朗大街嗽返返嚟錦田。好熱鬧，最高興係呢兩日。

呢個打醮，我哋全個錦田嘅人都好重視。以往嗰啲女人，呢一段時間都係穿金戴銀、着得好隆重㗎。同埋每條圍嗰啲人都好難得見面：「哎啊！我哋幾廿年冇見囉，眞係，呢個時候見到面！」

除咗錦田，我哋錦田打醮之前嘅一年呢，就係厦村做呢個建醮先嘅，跟住到我哋啦。卽係同一時間、隔一年唧。除咗錦田、厦村之外，上水圍都有一個打醮嘅，但係佢就六十年先一次。

六十年，好命嘅人一生睇兩次，或者唔好命嘅呢，一次都睇唔到。我記得上一次——早幾年上水打醮，好多老人家都唔識嗰啲儀式、嗰啲做法，走嚟錦田、厦村問點樣做。因爲大家做嘅嘢大同小異，所以大家都可以溝通溝通囉。

圍村點燈

圍村點燈佢嘅由來係咩呢？最主要係每家人有個男丁出世之後，就去祠堂點燈，等如一個註冊——呢個餵仔就係屋企人嚟㗎喇。

每年正月十五，屋企添咗男丁嗰啲人就去祠堂點燈、拜神嘅。點燈嗰家人要攞埋啲**燈粥**[1]啦、好多餸啦，擺喺祠堂，等啲朋友親戚

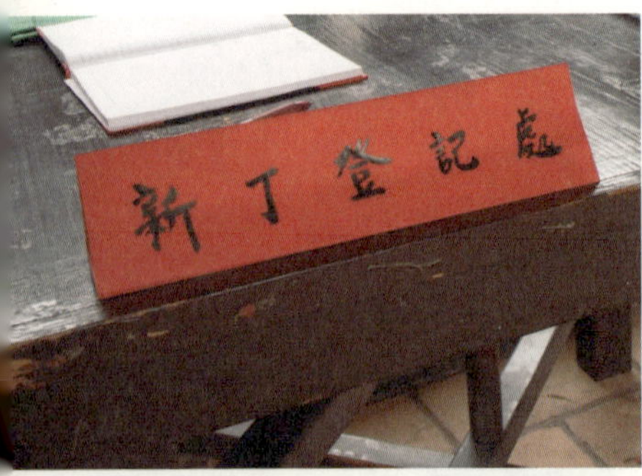

1. **燈粥**：圍頭話中「燈」、「丁」同音；燈粥又稱「丁粥」

來賀嘅，一路賀一路吃㗎樣嘅。啲粥入邊有臘肉啦、臘腸啦，仲有幾樣嘢加埋煮嘅。另外啲餸又有豆角啊、唔同嘅餸，就擺喺啲個祠堂啲度，等啲親戚來吃嘅。㗎然後就爲之一個儀式喇。

仲有每家人除咗準備所謂燈粥等親戚來吃之外，仲有祭品，祭祠堂、祭祖先㗎囉。祭完就返去每條圍啲度，就加上佢啲個丁口冊啲度㗎喇。

思成堂
乾隆甲寅仲春吉旦

太公[1]分豬肉

春分，係中國二十四節氣之一，都係屏山鄧族拜祖先同埋分豬肉嘅日子嚟。

祭祖就會喺呢個大祠堂（屏山鄧氏宗祠）嗰度做，由族長父老**添香**[2]拜神先，然後到啲子侄、子孫輪流走去拜。拜祖先嗰啲錢，就係祖堂嗰啲物業啊、收地租、田租，收返嚟嗰啲錢就噉樣用嘅。

1. **太公**：家族祖先　　2. **添香**：裝香

拜完神，啲人就會領表。一個男丁領一條表，有啲過咗51歲就加**胙**[3]，61歲又加多一條胙。一胙嘅意思係咩呢？就係攞多一條表，分多一份嘅啫。

啲人領完表之後，就走去排隊喇。又走去排隊，排隊做咩呢？就係摘名。摘名就係你跟住個次序，一個人領過幾多條表，就計返嗰條數，除返嗰隻豬啲肉有幾重，噉每人就領到幾多豬肉㗎喇。

因爲有好多人走咗出市區去做嘢啊、

3. 胙：祭祖用的肉

住啊，就變成少咗返嚟；同埋而家啲後生仔都嫌辛苦、嫌熱，就冇乜人走出嚟領豬肉。

到九十年代嗰陣，大祠堂嗰度，出席嗰啲人、拜神嗰啲人又開始慢慢多返。

祭祖吃山頭

新界啲圍村一到春秋二祭，就好多子孫去**掛山頭**[1]，有啲山頭係「吃山頭」嘅。吃山頭即係擺隻豬去拜，拜完神就喺度煮，加埋啲配料噉樣。又要帶埋煮盆菜嗰啲**架生**[2]啊、材料啊上山，用嘅人手都好大。煮山頭又容易引起山火，所以而家好多條村冇煮山頭㗎喇，改用拜金豬或者白豬嗽拜神。

但係屏山鄧氏若虛祖，即係維新堂，都有保留吃山頭呢個習俗。每春秋二祭都去拜一

1. **掛山頭**：拜山　　2. **架生**：工具

次，係吃山頭嘅。譬如農曆九月初五，定咗嗰日若虛祖啲子孫都去到屯門龍鼓灘嗰頭拜祭鄧若虛，然後就吃山頭。

吃山頭要好多預備工夫。啲工人帶埋嗰啲架生啊、嗰啲食材嘅。去到最先就拎隻豬去拜祖先，另外一啲人就喺度搭灶頭，即係喺個地下度挖個窿嚟燒柴煮。拜完神嗰隻豬，隔籬就斬開一嚿嚿，喺嗰兩個大鍋嗰度炆。炆完之後，另外又煮啲配料，有腐竹啊、魷魚啊、筍蝦嘅樣囉，都煮成兩三個鐘頭。

拜呢啲山頭有時去到成兩、三百人，分匀之後每一盆六個人，通常都有成三、四十盆。六人一盆，噉就分好，啲人排隊攞咗之後就喺地下嗰度自己搵個位喺度吃。

新界盆菜起源

插畫：Ivan Ip

盆菜係新界地區嘅特色美食，深受居民喜歡。

盆菜嘅來歷追溯至南宋末年。當時元兵大舉南下，宋室危在旦夕，忠臣陸秀夫同埋張世傑帶領官兵保護只有八歲嘅宋帝昺南逃，輾轉來到今日嘅新界錦田。相傳當時嗰啲居民見皇師來到，認爲應該好好款待，點不知正值打仗，物資冇乜，更難以搵到大量盆砵

來招待宋帝昺及大批官兵。居民將僅有各種嘅吃嘢煮埋一齊，同埋用大木盆噉樣裝住啲嘢，嗰種充滿特色嘅煮法流傳到**那下**[1]，成爲今日嘅盆菜。

現在嘅盆菜已經唔用木盆，改爲用銻盆來裝喇。常見到嗰啲盆菜材料包括豬肉、鯪魚球、大蝦、冬菇、枝竹、蘿蔔、芋頭，有時甚至加咗鮑魚嗰啲材料。由於盆菜豐富，盆

1. **那下**：現在

滿缽滿，因此被視爲好意頭。圍頭人一般喺過年、嫁娶同埋添丁嗰啲喜慶日子大排筵席，一齊吃盆菜招待親戚，唔少原居民都會喺春秋二祭拜山後一齊吃盆菜。

盆菜就走出市區喇，唔係再係新界人專屬嘅吃食。坊間多數食店都會供應盆菜，做法各有特色，唔少機構都在節日嗰度舉行千人盆菜宴。

茶粿同清明仔

相片：林文映女士

新界人鍾意節慶日子造茶粿做小食，茶粿每個節日都適用。做法就用石碓或者石磨，將米磨成粉，然後加入蔗糖將佢搓成粉團，墊上啯哟芽蕉葉，蒸熟之後就得㗎喇。有時候茶粿又會加啲花生、紅豆做餡嘅。新鮮蒸嘅茶粿鬆軟芬芳撲鼻。以前冇雪櫃嗰陣時，茶粿放响紗櫥嗰頭，要吃嗰陣時就煮軟佢或者煎香佢吃嘅。

茶粿（左）及清明仔（右）

農曆三月嗰陣時清明期間，新界人就特別整一款叫做「清明仔」、「雞屎藤」嘅茶粿。做法就同一般茶粿稍有唔同。首先要椿爛嗰啲草藥雞屎藤，用糯米、花生搓成茶粿，最後就用馬甲葉或者蕉葉墊住佢蒸熟。馬甲葉據稱效果好似嗰啲土茯苓噉樣，可以解毒解熱，係最天然調理身體嘅食療嚟嘅。

圍頭饞嘴妹

我細個嗰陣時，同阿婆整清明仔。

我就負責**挼**[1]啦，阿婆就負責搓粉啊，煲糖水啊，加眉豆啦，落糖啊落去啦，我就負責挼啦。嗰啲清明仔呢，就好多油嘅。佢落好多豬油去搓埋一齊嘅。我就淨係識幫手挼唧。

挼下挼下，隻手咪黐埋好多油囉。黐埋好多油呢，好似好骯屎噉啊。好**骯屎**[2]呢，就去擦去洗囉。我阿婆就話：「嗨！出去出去，**在頭**[3]擦下，骯屎啊。」我話：「我隻手好骯屎喎。」「你快啲去洗下佢啦！」噉樣。噉洗完返來呢，又挼啦，挼開又**黐緊**[4]喎。黐緊阿婆話：「你唔好挼喇，你走過去走過去，你唔好挼咯。」我話：「你搓完，你隻手咪一樣骯屎，就話我？」噉樣囉。

噉搓嗰啲咩粉呢？整茶粿，整嗰啲茶粿餡。我呢就好鍾意吃花生，同埋好鍾意吃嗰

1. **挼**：搓揉
2. **骯屎**：骯髒
3. **在頭**：在那裏
4. **黐緊**：黏着

啲眉豆餡啊、嗰啲綠豆餡。佢嗰頭加眉豆，我就揮[5]來吃咯。吃吃下又俾人鬧咯，好為吃啊我細個嗰時。

所以我**那下**[6]呢，就好鍾意整嘢吃嘅。整炒米餅啊、整清明仔、整茶粿啊噉樣。細蚊仔嗰時，真係好餓嘅，好鍾意吃嘅。啲圍頭

受訪者芬姐自家製作的炒米餅（照片由芬姐女兒廖蔚霖提供）

5. **揮**：用餐具撈起食物

6. **那下**：現在

嘢呢，好更吃嘅。佢呢啲（兒女們）就唔**惜**[7]吃嘅咯。我個仔就唔吃嘅。

噉就整嗰啲咩呢？整嗰啲炒米粉。㨃餅就嫌遲啦，噉就整炒米團喇喎。噉整炒米團點樣整呢？嗰啲炒米粉就溝啲糖膠去整。整咗呢就按咯，按下一嚿嚿攞來吃咯。按按下呢，隻手黐緊喎。黐緊咪揸佢吃埋咯。阿婆又話：「你做咩咁爲吃啊？」「噉黐緊，佢眞係吃得㗎嘛，做咩唔吃喞？」「噉你吃完，又去按，噉埋吃埋你啲口水尾囉？」

7. **惜**：喜愛

塱原生活記趣

插畫：Ivan Ip

燕崗西邊有個豬場。嗰個豬場呢，我所了解就係**愛**[1]嚟做實驗嘅，又有養啲啲豬公、又有豬乸噉樣。我**老子**[2]係睇嘢嘅，卽係看更，watchman。唔係話**那下**[3]啲人養嗰啲大豬場愛嚟賣肉豬嗰啲，唔係嗰啲，佢哋做實驗嘅。

1. 愛：要　**2. 老子：**父親　**3. 那下：**現在

我細蚊仔嘅時候睇過人捉雀。點樣捉雀呢？因為割禾嘅時候，好多啲雀仔啊……麻雀又好，乜嘢雀都有啦，有大有細啦，走嚟喙地下嗰啲禾嚟吃嘅，啲人就借呢個機會走過嚟捉雀。

捉雀呢，佢就豎起兩條棍仔，差唔多有成呎幾兩呎長，即係十八、二十吋啦，中間圍一個網。噉樣嗰兩條棍仔就綁一條繩仔喺柱頭，綁條繩仔呢，捉雀嗰個人就行去大概有成四、五十呎啦，噉就踎嗰頭。見到啲雀嚟吃嗰個網前邊啲穀，就揼起條繩仔，嗰個網就冚落嚟，冚落嚟將嗰啲雀仔**冚唪唥**[4]冚住喺度，嗰個人就快快脆脆走去捉嗰啲雀，捉埋啲雀就係放入嗰個籠嗰度。

嗰陣時，五、六十年前有人噉樣捉雀，那下梗係唔捉啦。那下啲規例都改晒喇，唔可以捉嗰啲雀嚟吃㗎喇，捉雀嚟吃就俾人拉㗎喇。到那下呢啲日子，個實驗農場都冇咗好多年囉，幾十年唔見個實驗農場喇。政府都

4. 冚唪唥：所有、全部

立咗例唔俾啲人捉啲雀嚟吃喇。

近一年半載開始，有個塱原濕地大西北發展，嗰頭有個大工程喺度，改晒嗰啲田、嗰啲嘢喇。噉時移勢易，時間變遷，跟住潮流走，而家就冇捉雀嚟吃㗎喇，又冇咩人耕田。

田中生活雜憶

以前耕田呢，我哋啲男人啊、有氣有力嗰啲人就出去田，割禾啊、**蒔田**[1]啊噉樣。割禾嗰陣時印象深啲，因爲割禾嗰啲田就乾嘅、燥嘅、冇濕水嘅，冇話浸緊水嘅。

啲女人在屋企煮好飯，孭埋個仔、背埋個仔，擔一擔籮，擔埋啲飯啊、糖水啊、啲碗啊、碟啊、筷子啊，擔出去個田嗰頭，俾個田**做晒**[2]嗰啲人吃飯。噉做晒嗰啲人吃飽飯就馬上可以又耕田啦嘛，可以割禾就割禾、蒔田就蒔田，就唔使行好遠路走返去屋企嘛。

1. **蒔田**：插秧　　2. **做晒**：工作

在個田呢，我記得割禾嗰時，有時有啲人擔啲啄啄糖去個田嗰度賣。就俾錢買，有時就唔係俾錢買，有時就俾一殼穀噉樣買，同佢換啲糖嚟吃。嗰啲啄啄糖用一個嗰啲個樣好似鋤頭噉細細個，大約三吋闊，六、七吋長嘅，好似個排鈎噉樣揼落去，嗰啲糖一嚿一嚿噉樣揼，揼出來嘅。仲有啲人**炆**[3]熟嗰啲白糖糕，又係喺田賣，又係賣俾啲人吃。噉啲人在個田，有水飲，又有白糖糕吃，又有啄啄糖可以吃。

3. **炆**：煮

流浮山蠔香飄飄

天水圍流浮山后海灣嗰頭鹹淡水交界，過往出產好多好肥、好飽滿嘅蠔，同埋其他嘅水產。雖然後來因爲供港嘅水質變差，蠔田大多都遷返去大陸水域嗰頭，但流浮山仍然有蠔民養殖本地嘅蠔同埋開設蠔油廠。

流浮山蠔喺入秋嘅時候就成熟，多數清蒸或者酥炸，亦都會放喺太陽底下曬成蠔豉煲粥同埋煲湯。蠔豉保存期比較長、耐啲嘅，加上「好市」嘅諧音，被睇到好意頭，好受人歡迎。

金蠔

蠔豉

另外，近年又興起金蠔，採用另一種生曬蠔豉嘅製作方法。首先曬蠔嘅時間唔使咁長，最多半日或者大半日，喺陰涼嘅地方陰陰柔柔噉慢慢曬。金蠔要外邊燥啲，入邊就軟啲先至好嘅。金蠔嘅保存時間冇咁長，好容易變壞，最好喺當日就吃蠔喇，唔係就要雪住㗎喇。

阿牛出城記

插畫：曉嵐

那下[1]呢，講隻故仔俾人聽，大家聽下。

以前呢，我哋啲新界人、啲圍頭人呢，就好少出九龍嘅。阿牛呢，好耐時間好少出去九龍啊、過去香港嗰邊。佢又識幾個字噉啦，讀下小學，噉啲人有啲文件，有時就**喊**[2]阿牛去睇。有一日，有啲政府啲文件呢，嗰啲人填咗，就喊阿牛**搣**[3]出去中環交去政府部門喎。

1. **那下**：現在　2. **喊**：叫　3. **搣**：用手拿

噉阿牛就坐火車，由石湖坐火車就去到尖沙嘴，就坐天星小輪過海，過海就去到中環去交嗰啲文件。佢去到香港嗰邊，見到呢個香港郵政總局。嘩！好大座，古色古香。成座郵政局係英國佬嗰啲噉嘅建築，好得意。嘩！又見到有電車喎。坐電車咁得意，走去

坐電車喇又！好奇怪啊！電車有條路軌，由中環德輔道中，一路去到灣仔、去到北角喎。

佢坐咗上去電車嗰頭，掛住睇嘢，佢又唔知道原來電車有啲扒手。阿牛遞高手扶緊架車嘅時候，啲扒手就用一個磨到好利嗰啲毫子，割開佢個錶袋，**下解**[4]就有啲一百蚊紙，佢有成三、四百蚊，偷咗佢都唔知喎！嘩，真係大懵啦！

呢樣見識真係好貴。唔見幾百蚊，嗰陣時幾百蚊好多錢㗎喎。啲人在錶袋度**拎**[5]咗佢幾

4. 下解：下面　　**5. 拎**：尋找並抽取

百蚊。佢坐個電車以為好得意，佢俾咗好多錢啊，俾人**打**咗**荷包**[6]都唔知，呢個經驗真係好貴好貴嘅經驗。

6. 打荷包：偷錢包

第二章

客家話篇

客家話特色

香港市區流通的口語一般稱作「廣東話」（爲用以與本土語言作區分，本書會稱作「市區話」），然而這種廣東話並非整個廣東地區的本地語言，而是廣州話系統下衍生的一個分支。粵語之下有不同分支（例如第二章描述的圍頭話），而除粵語以外，客家話和閩語亦流行於廣東地區。市區話和圍頭話同屬粵語，差異較小；粵語和客家話則是漢語之下的大分支，兩者差異較大，日常使用市區話的讀者會覺得難以聽懂。本章先勾勒客家話的一些基本特色，讓讀者初步掌握基本的語音基礎，踏出學習客家話的第一步。

客家話例子

以下是〈狐假虎威〉的故事節錄，請先聆聽錄音，記下你對客家話的整體印象。

老虎聽到狐狸嘅口氣恁大，決定膽等狐狸，走一圈看看。結果呢，樹林裏背大大小小嘅野性，看到狐狸大搖大擺恁樣行過，後背還跟等一條生生猛猛嘅大老虎，都嚇到愛死，花盡氣力來逃跑。

- 單看文字應該基本能看懂，但除了「野性」（動物）這些與大自然有關的詞語跟市區話、普通話不同外，這段文字亦出現了不少客家話特色詞，例如「恁／恁樣」即「這樣、那樣」，「䠀」即「跟隨」、「裏背」和「後背」分別指「裏面」和「後面」；「愛」意思是「要」，在市區話也有類似用法。
- 聽起來除了個別單字外，發音都跟市區話不同。聲母大致相同，韻母也有相似之處。發音系統似乎比較簡單，沒有太多罕見的發音，基本上都是 a i u e o 幾個元音。
- 客家話裏的「嘅」和市區話用法相若，但其他語法用字則有點不同，例如客家話會用「還」而非「仲」，用「等」而非「住」。此外，從這段文字可見客家話的量詞用法與市區話不同，會講「一條老虎」而非「一隻老虎」。

粵客之間的差異比市區話和圍頭話之間較多，語音、字詞都有明顯分別，如無輔助，市區人可能會完全聽不懂內容。不過若有逐字文本，相信讀者便能把錄音和文字對上。為幫助大家更快進入狀態，請大家在閱讀故事前，先學習以下客家話明顯的語音特徵和關鍵的特色詞語。

語音篇

粵語和客家話有共同祖先，不少差異都是有跡可尋的。語音上，有人覺得客家話就像市區話跟普通話的混合體，這是因為過去百多年，市區話所屬的廣州話系統韻母出現不少變化，客家話和圍頭話卻沒有跟隨，故此這些音節就會和其他漢語比較一致。

即使客家話跟市區話聽感不太相同，但講市區話的讀者只要留意到某些語音特性，客家話絕對比北方話更易學。以下首先列出其語音上的特點。

1. 高低音（聲調）的對應關係

客家話只有四個聲調，大部份可以從市區話猜到。

- 市區話最低音的調（「陽平」）和客家話發音完全一樣，例如「時 sī」、「牙 ngā」、「茶 cā」等都是粵客同音。
- 市區話最高音的調（「陰平」）在客家話是微微上升，如「詩」、「西」都是 sí ，一般讀如市區話的「市」，有時（「低平」或「中降」前）則要讀如市區話的「史」。
- 市區話其他平調（即「陰去」、「陽去」）在客家話是高音，如「細 sè」讀起來像市區話的「些」。
- 市區話的升調（「陰上」、「陽上」）在客家話大多讀中降調，如「史」、「試」都讀 sĭ，發音類似市區話的「肆」；「水 sŭi」音近市區話的「碎」，「手 sĭu」音近市區話的「笑」。
- 「入聲字」[1]、在市區話低音的，客家話一般都讀成高音，例如「食 sìt」、「十 sìp」、「落 lòk」。其他入聲字在客家話會讀成中降音，如「七 cĭt」（市區話近音「切」）、「八 băt」（市區話近音「八」）、「隻 zăk」（市區話近音「窄」）、「角 gŏk」（市區話同音）。只有少數常用詞，粵語

1 以 -p、-t、-k 收尾的字。

和客語都讀低音，如「六 lŭk」、「日 ngĭt」和「肉 ngiŭk」等。

調號	調形	漢字	客家話拼音	傳統調類
T1	微升	詩	sí	陰平、陽上
T2	低平	時	sī	陽平
T3	中降	史、識	sĭ	陰上、陽上、陰入
T4	高降	試、食	sì	陰去、陽去、陽入

2. 送氣

市區話和客家話聲母大致相同，但市區話的第六調（「陽去」、「陽入」字）在客家話必定要送氣：

漢字	圍頭話拼音	市區話近音
大	tài	呔
白	pàk	啪
地	tì	T
豆	tìu	挑
動	tùng	通
鼻	pì	P
讀	tùk	禿
道*	tàu	偷

* 「知道」的「道」本來是「到」字，因此在客家話讀作 dàu，近似市區話「兜」。

3. 韻母類推

市區話和客家話之間有明確的對應關係，遇到沒有聽過的單詞，可以大概猜到讀音。這些對應有的百分百準確，有的可將可能性縮到兩三個讀音之內。例如市區話和「於」押韻的字，在客家話的對應有 54% 是 -u，42% 是 -i，只有少數例外字。

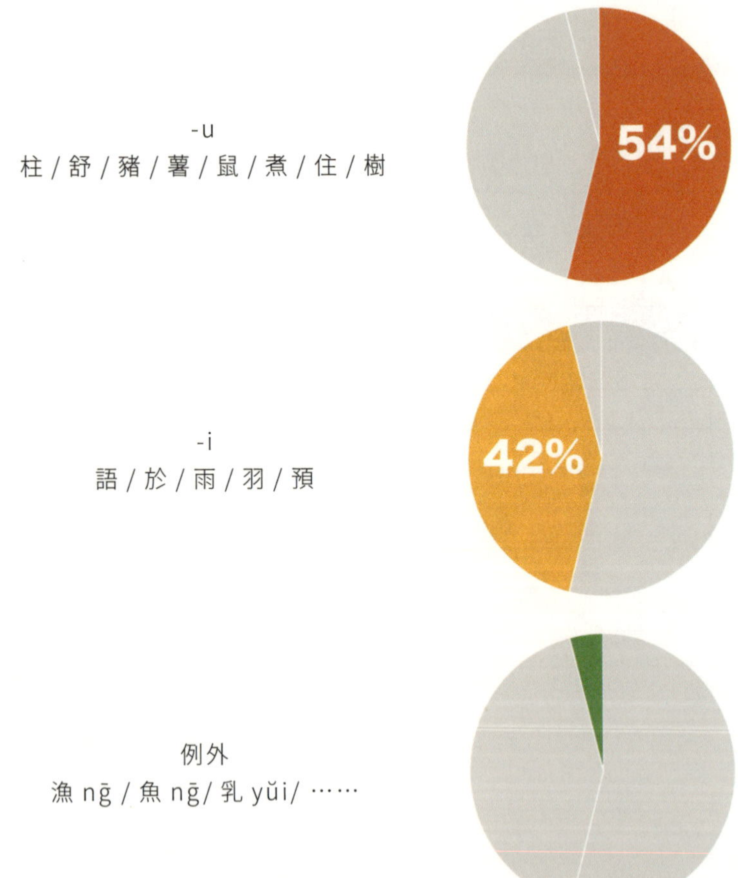

4. 介音

介音在市區話已近完全消失，但在客家話是重要的成份。拼音中會用 -i- 表示。

例如客家話中，「香港 hióng gŏng」的「香」便有介音，就是聲母 h 和韻母 óng 之間的「i」，「港」則沒有。日常可能有些人沒有嚴格區分，但這樣容易影響溝通。舉例說，「少 său」（市區話近音「哨」）和「小 siău」（市區話近音像「試幼」連讀）在市區話讀音一樣，但在客家話中，若無視介音，則容易造成歧義。

市區話和客家話之間的對應關係比圍頭話複雜，以上只能介紹部份主要特徵。如欲了解更多，可參考劉鎮發教授的著作《香港客家話研究》（2021）。

詞語篇

從上面的故事節錄可見，學習客家話不能只學字音，也需要同時學習詞語。越是基礎的詞語，就越有可能保留了客家話的特色詞，其中與鄉村生活相關的、與民間習俗相關的，也有很多特別的講法。但除此以外，客家話和粵語都是南方漢語，有不少共通詞，而新事物多數經由市區話、書面中文進入客家話，因此很多日常的事物、專有名詞等，都不用特別學習，只要按客家話的習慣逐字發音即可。以下先集中辨認部份客家話的特色詞語。

類別	漢字	客家話拼音	意思
人稱、指示詞	厓	ngāi	我
	你	ngī	你
	佢	gī	他
	我兜	ngá déu	我們
	惹兜	ngiá déu	你們
	其兜	giá déu	他們
	這兜	ngiǎ déu	這些
	哎兜	ài déu	那些
	乜介	mǎk gài	甚麼
親屬稱謂	阿爸	á bá	父親（面稱／背稱）
	阿媽	á má	母親（面稱）
	阿媄	á mí	母親（背稱）
	阿公	á gúng	祖父
	阿婆	á pō	祖母
	姐公	ziǎ gúng	外祖父
	姐婆	ziǎ pō	外祖母
	賴子	lài zú	兒子
	妹子	mòi zú	女兒
	婿郎	sè lōng	女婿
	心臼	sím kíu	兒媳
	兩姊妹	liǒng zǐ mòi	姐妹倆、兄妹倆、姐弟倆

方位詞	臉前	ngiàm ciēn	前面
	背後	bòi héu	後面
	左手析	zŏ sĭu săk	左邊
	右手析	yìu sĭu săk	右邊
	頂高	dăng gáu	上面
	下背	há bòi	下面
	腳下	giŏk há	下面
	裏背	dí bòi	裏面
	門背	mūn bòi	外面
	側邊	zĕt bién	旁邊
	唻埞	lài tàng	哪裏
	唻裏	lài lí	哪裏

至於其他動作、心態、物件相關的特色詞，例如「轉屋下 zŏn vŭk ká」（回家）、「徛 kí」（站立）、「滕 tēn」（跟隨）等，可參看下一節收錄的20個故事，當中選用了不少常用的客家話特色詞，並加入了簡單的註解。

語法篇

「恁」跟「摎」可能是初學者對客家話印象最深刻的語法詞。「**恁 ān**」即「這樣、這麼；那樣、那麼」的意思。「**摎 láu**」的意思很廣，可以解作「和、同、跟、向、替、幫」等。此外，在閱讀本書收錄的客家話故事時，以下兩個動詞後綴會經常出現。

「**嗨 hói**」放在動詞後面，表示完成狀態，相當於「了」或市區話的「咗／晒」：

- 塞翁嘅馬走失**嗨**　　sòi vúng è má zĕu sĭt hói
- 練**嗨**幾日　　lièn hói gĭ ngĭt

「**等 dĕn**」放在動詞後面，表示持續做某個行爲，相當於「着」或市區話的「緊」：

- 圍繞**等**一對新人轉圈
  vūi ngiău dĕn yĭt dùi sín ngīn zŏn kién
- 眼白白看**等**貓走嗨
  ngăn pàk pàk kòn dĕn miàu zĕu hói

名詞後綴「～公 gúng」、「～牯 gŭ」、「～嫲 mā」並無性別意義，如「沙公 sá gúng」、「石牯 sàk gŭ」、「蝨嫲 sĭt mā」，就是沙子、石頭、蝨子。

常用量詞方面，初學者可先記這三個：

- **隻 zăk** ——
  人的量詞，也是部份物件的量詞（例：門、箱、碗……）
- **條 tiāu** ——
  大部份動物的量詞（例：貓、狗、馬、牛、蛇……）
- **擺 băi** ——
  次數的量詞

客家話是一套完整的系統，有自身的語音、詞彙、語法體系。對於從未接觸過客家話的人而言，語音是第一個門檻，要學習個別發音和一些市區粵語沒有的音節；而對自小使用客家話但不甚流暢的人而言，下一個門檻則在於單詞的發音和特色詞彙的運用，包括基本詞語（如家庭、起居、農務、時令等具文化概念的特色詞）和各種帶有語法功能的虛詞。不少傳統客家話講法受市區話影響，可能已經被粵語的口語詞替代。客家話本來就有的用法，我們都應該嘗試使用，避免照搬粵語或書面中文的詞語，但若然沒有明顯對應的話，也就只可以逐字用客家話讀出了。

要聽懂客家話應該是不難的，但要掌握發音規則，及至要準確、流暢使用，就要下點功夫。雖說是要下功夫，但對比學習日語、韓語，學習客家話算是簡單得多，學習十週應該已有小成。語言環境中沉浸是最理想的學習方式，如果家人日常講客家話，或社區有講客家話的朋友，請努力聆聽並學習模仿。當然在未能流暢使用前，有時很難要求學習者勇敢跟人講，因此請務必善用網上的客家話材料作練習[2]。

因爲與粵語差異明顯，我們會盡量用拼音顯示發音，這做法對咬字和記憶有一定作用。請不要害怕拼音，能學則學，開始時可以先聽錄音模仿，日後重温。

萬事起頭難，上面的簡單介紹，相信可以讓大家更易理解後面的客家話故事呢。

2 香港各處的發音基本一致，溝通上沒有障礙，跟馬來西亞等地的口音也大致相同。除了香港的「客家大學堂」YouTube 頻道外，其他惠陽腔的材料也不妨多聽。

客家話故事

以下 20 個客家話故事附設錄音檔：

客家話故事 1

熊家嫲

插畫：溫溫 OneOne（IG @oneoneillustration）

zǎu hà yíu liǒng zǐ mòi hì lā ziǎ pō bàn lù ngì dǎu zǎk
早下[1]有兩姊妹去**邏**[2]**姐婆**[3]，半路遇到隻
yūng gá mā yūng gá mā cìu mùn á mòi ngiá déu hì lài
熊家**嫲**[4]。熊家嫲就問：「阿妹，**惹兜**[5]去**唻**[6]
á ài liǒng zǐ mòi cìu gǒng ngá déu hì lā ziǎ pō lǒ
呀？」**哎**[7]兩姊妹就講：「**吾兜**[8]去邏姐婆咯。」
yūng gá mā gǒng ngāi mè hè ngiá ziǎ pō lǒk ngiá déu ngìn ngāi ḿ
熊家嫲講：「**厓**[9]咩係惹姐婆咯，惹兜認厓唔
cǔt lōi mé ài á ziǎ gǒng ngá déu ziǎ pō mièn sòng yíu dǎt vú
出來咩？」哎阿姐講：「吾兜姐婆面上有笪烏
zì è ngī dú māu yūng gá mā má sòng giǎm zǎk tiēn lō pī giǎp děn
痣嘅，你都冇。」熊家嫲馬上撿隻田螺皮，夾**等**[10]

1. **早下**：從前、以前
2. **邏**：探望
3. **姐婆**：外祖母
4. **～嫲**：雌性動物後綴，相當於廣州話的「乸」
5. **惹兜**：你們
6. **唻**：哪裏
7. **哎**：那
8. **吾兜**：我們
9. **厓**：我
10. **等**：表示進行中，相當於「着」

miàn sòng miàn dòng hè vú zì á mòi ngī kòn ngāi cìu hè ngiá
面上面，當係烏痣：「阿妹，你看，厓就係**惹**

è ziă pō lá
嘅[11]姐婆啦。」

tién cìu hói sŭ àm lŏ lău mòi cìu láu á ziă gŏng á
天就開始暗咯，老妹就**摎**[12]阿姐講：「阿

ziă gī kòn hĭ lōi lé dú yíu dìt ciòng á ziă pō ó ngāi
姐，佢看起來哩，都有**滴**[13]像阿姐婆喔。厓

kiòi lá ngá déu kài dìt ngiām á ziă pō zŏn vŭk ká lá ngiām dĕn
攰[14]啦，吾兜快滴**黏**[15]阿姐婆**轉屋下**[16]啦。」**黏等**[17]

giá déu cìu tēn yūng gá mā zŏn vŭk ká lá liŏng zĭ mòi cói yūng gá
其兜[18]就**謄**[19]熊家嫲轉屋下啦。兩姊妹在熊家

mā è vŭk ká gò yà
嫲嘅屋下**過夜**[20]。

cìu lōi tén góng ài cìn á ziă tàng dău hău kī gài è sáng yím
就來天光哎陣，阿姐聽到好奇怪嘅聲音。

téu téu zŭ kòn făt hièn yūng gá mā cói ài cū fōng mō dáu hău ciòng
偷偷**子**[21]看，發現熊家嫲在哎廚房磨刀，好像

òi sìt hói ài liŏng zĭ mòi ān yòng á ziă kiáng kiáng è păk siăng lău
愛[22]食**嗨**[23]哎兩姊妹恁樣！阿姐輕輕嘅拍醒老

mòi hàm gī ḿ hău cŭt sáng láu gè sùk zà sòi yìu dùi yūng gá mā
妹，喊佢唔好出聲**摎**[24]繼續詐睡，又對熊家嫲

gŏng siŏng hì ó ngiàu á ziă sīn gí cŭt hì mūn bòi pā dàu sù dăng ciàm
講想去屙尿。阿姐乘機出去**門背**[25]爬到樹頂暫

pì gī yìu līn gí yĭt cŭk gŏng òi láu yūng gá mā zŭk sĭt mā
避，佢又靈機一觸，講愛**摎**[26]熊家嫲捉**蝨嫲**[27]。

yūng gá mā ḿ dí dăi sè cìu hì dàu sù há dĕn á ziă láu gī zŭk
熊家嫲唔知底細，就去到樹下等阿姐摎佢捉

11. 惹嘅：你的
12. 摎：向
13. 滴：一點點
14. 攰：疲乏
15. 黏：跟隨
16. 轉屋下：回家
17. 黏等：跟着
18. 其兜：他們
19. 謄：跟隨
20. 過夜：整個晚上
21. AA 子：在重疊的形容詞 A 後面，表時「有點 A」
22. 愛：要
23. 嗨：表示完成，相當於「了」或廣州話的「咗」、「晒」
24. 摎：同、和
25. 門背：房子外面
26. 摎：替
27. 蝨嫲：蝨子；此處後綴「～嫲」無雌性意義

hĭ sĭt mā lōi lŏk á ziă cìn cìn zŭ zióng yūng gá mā è tēu lá máu
起蝨嫲來咯。阿姐靜靜子將熊家嫲嘅**頭那毛**[28]

bŏng cói sù kă sòng mièn yēn hèu tài sáng hàm lău mòi kài dìt zĕu
綁在**樹椏**[29]上面，然後大聲喊：「老妹，快滴走

á yūng gá mā cìu hău giáng òi zŭk á ziă făt hièn tēu lá máu
啊！」熊家嫲就好驚，愛捉阿姐，發現頭那毛

bŏng cói sú kă sòng mièn siŏng túng dú túng ḿ dău ngăn pàk pàk kòn dĕn
綁在樹椏上面，想動都動唔到，眼白白看等

á ziă cói sù dăng tiāu há lōi tó dĕn lău mòi zĕu hói lŏk yūng gá
阿姐在樹頂跳下來，拖等老妹走嗨咯。熊家

ma yùng cìn lìt zàng bín lŏt hói tēu lá máu dú că lŏt sìu sóng lŏ
嫲用盡力**正**[30]**奮**[31]脫嗨，頭那毛都扯脫，受傷咯。

28. 頭那毛：頭髮
29. 樹椏：樹枝
30. 正：才、方才
31. 奮：掙扎

liǒng zǐ mòi cǔt cìn lìt pǎu hói māu gǐt gǐu cìu ngì dǎu yǐt zǎk
兩姊妹出盡力跑嗨冇幾久，就遇到一隻
lá cō tēu è gáng tiēn lǎu gǒng bín gī tàng yūng gá mā siǒng sìt ngá
拿鋤頭嘅耕田佬，講**分**[32]佢聽：「熊家嫲想食吾
déu á gáng tiēn lǎu hàm giá déu biǎng dǎu sù cūng hì cī gá cói
兜啊！」耕田佬喊其兜**屏**[33]到樹叢去，**自家**[34]在
ài lí děn yūng gá mā zúi sóng lōi
哎裏等熊家嫲追上來。

děn hói yǐt hà tēu lá dǎng līu děn hiět è yūng gá mā cìu ngì
等嗨一下，**頭那**[35]頂流等血嘅熊家嫲就遇
dǎu ài gáng tiēn lǎu bín gī ngì và bǔt sǒt yùng giǒk cō dǎ sǐ hói dí
到哎耕田佬，**分**[36]佢二話不說用腳鋤打死**嗨哩**[37]。
cūng cǔ yí hèu liǒng zǐ mòi yá ḿ gǎm cūi pièn gén ài sáng bǎu ngīn
從此以後，兩姊妹也唔敢隨便跟哎**生保人**[38]
zǒn vǔk ká lǒk
轉屋下咯。

32. 分：給
33. 屏：躲藏
34. 自家：自己
35. 頭那：頭部
36. 分：被
37. V+ 嗨哩：在動詞 V 後面，表示「已經 V 了」
38. 生保人：陌生人

牙牙發

插畫：dear project（IG @dear__project）

zǎu hà yíu zǎk yíu ciēn lǎu ón zò ngā ngá fǎt gī fúi sōng
早下[1]有隻有錢佬**安做**[2]牙牙發，佢非常
gú hōn mǎk gài hǎu dúng sí dú ḿ ngièn yì fá ciēn lōi mái mǎk gài
孤寒，**乜介**[3]好東西都唔願意花錢來買，乜介
hǎu dúng sí dú māu sìt gò
好東西都冇食過。

yíu yǐt ngǐt gī tùt yēn cìu hǎu siǒng sìt zú ngiǔk tóng cìu hàm
有一日，佢突然就好想食豬肉湯，就喊
gúng ngīn mái zú ngiǔk zǒn lōi zǔ tóng lǒk ài gúng ngīn cìu mùn ngā ngá fǎt
工人買豬肉**轉來**[4]煮湯咯。**哎**[5]工人就問牙牙發
òi mái gǐt dó lǎu bǎn mái yǐt gín hǎu mó ngā ngá fǎt ḿ
愛[6]買幾多：「老闆，買一斤好麼？」牙牙發唔

1. 早下：從前、以前
2. 安做：叫做
3. 乜介：甚麼
4. 轉來：回來
5. 哎：那
6. 愛：要

siŏng fá ān dó ciēn yĭt gín yìu ḿ hè gò ngiēn mái ān dó zò
想花**恁**[7]多錢：「一斤？又唔係過年，買恁多做
măi á ài gúng ngīn yìu mùn ān yòng mái bàn gín hău mó
嘪[8]啊？」哎工人又問：「恁樣買半斤好麼？」
ngā ngá făt hān hè ḿ să dĕt bàn gín yá tĕt gò dó lá yìu ḿ
牙牙發還係唔捨得：「半斤也**忒過**[9]多啦，又唔
hè gò ziĕt ḿ sŭ mái ān dó è cìu mái sì liŏng lá gúng ngīn
係過節，唔使買恁多嘅。就買四両啦！」工人
zióng ài zú ngiŭk mái zŏn lōi zú hèu ngā ngá făt cìu gŏng lá lōi bín
將哎豬肉買轉來之後，牙牙發就講：「拿來**分**[10]
ngāi cìn hà kòn hè ḿ hè zŭk sì liŏng zàng gī pà ài gúng ngīn ḿ
厓[11]秤下，看係唔係足四両正。」佢怕哎工人唔
lău sìt yìu pà ài zú ngiŭk lău ḿ lău sìt gién cī òi cī gá cìn yĭt
老實，又怕哎豬肉佬唔老實，堅持愛自家秤一
hà cúng lìong m̆ zín hè yíu sì liŏng ḿ cò ḿ cò ān yòng
下重量。「嗯，眞係有四両。唔錯唔錯，恁樣

7. **恁**：這樣、那樣
8. **嘪**：甚麼，「乜介」的合音
9. **忒過**：太、過於
10. **分**：讓
11. **厓**：我

yǐt kài cìu gèu lǒk
一塊就夠咯。」

ngā ngá fǎt cìu zióng ài kài zǎi zú ngiǔk sě dǎu gón gón ciàng ciàng yēn
牙牙發就將哎塊仔豬肉洗到乾乾淨淨，然
hèu cìu fòng lòk hì tài vòk tēu hì àn gá yǐt tài tǔng sǔi hì zǔ
後就放落去大**鑊頭**[12]去，還加一大桶水去煮。
mān dí lé gī gá sǔi è tùng zǒk tět gò tài ài zú ngiǔk bín sǔi cúng
盲知[13]呢，佢加水嘅動作忒過大，哎豬肉**分**[14]水沖
dàu ài vòk zǎi hèu bòi ngám ngám yíu tiāu yá miàu gín gò sì liǒng zú ngiǔk
到哎鑊仔**後背**[15]，啱啱有條野貓經過，四両豬肉
cìu ān yòng bín gī kiā zěu hói lǒ gúng ngīn dǎ sàu hói cìu zǒn dàu cū
就恁樣分佢**擎**[16]走**嗨**[17]咯。工人打掃嗨就轉到廚
fōng yá māu fǎt hièn ài zú ngiǔk ḿ gièn hói cìu yī sōng ān yòng gá
房，也冇發現哎豬肉唔見嗨，就如常恁樣加
ngìp fū ziáu á fūng zǎu á gióng piěn á ngiǎ déu cōi liàu àn yùng
入胡椒啊、紅棗啊、薑片啊**這兜**[18]材料，**更**[19]用

12. **鑊頭**：鐵鍋
13. **盲知**：怎知道、豈料
14. **分**：被
15. **後背**：後面
16. **擎**：舉起
17. **嗨**：表示完成，相當於「了」或廣州話的「咗」、「晒」
18. **這兜**：這些
19. **更**：再

tài fŏ lōi zŭ zŭ hói sám sì zăk zúng tēu ài gá yūng cìu dón
大火來煮，煮嗨三、四隻鐘頭。哎家傭就端

yĭt vŏn bín ngā ngá făt gŏng lău băn zú ngiŭk tóng zŭ hău hói lŏ
一碗分牙牙發，講:「老闆，豬肉湯煮好嗨咯。」

ngā ngá făt sìt hói yĭt hĕu cìu cói ài zàn sién tóng gĭn hè
牙牙發食嗨一口，就在哎讚：「鮮湯**緊係**[20]

sién tóng sìt dàu ài ngăn zí zí góng ngiă sī hèu ài zòi gŏk hān
鮮湯！食到哎眼吱吱光！」這時候，哎嘴角還

kiā dĕn kài zú ngiŭk è yá miàu cói ngā ngá făt è mūn hĕu gín gò
擎**等**[21]塊豬肉嘅野貓，在牙牙發嘅門口經過，

ngám ngám cói mūn là kòn dău ngā ngá făt cói ài lí sìt māu zú ngiŭk è zú
啱啱在門罅看到牙牙發在哎哩食冇豬肉嘅豬

ngiŭk tóng hān sìt dĕt hău mán zŭk ān yòng lé
肉湯，還食得好滿足恁樣哩。

20. 緊係：就是

21. 等：持續進行中，相當於「着」

狗徑索

插畫：曉晴

zǎu hà yíu zǎk sō zǎi cōng ngǐt zò déu sǐt lí è dúng sí
早下[1]有隻傻仔，**長日**[2]做**兜**[3]失禮嘅東西，
yīu kī sì sìt sòng hǎu lān kòn giá lǎu pō hǎu kōng láu gī cǔt hì sìt
尤其是食相好難看。其老婆好**惶**[4]**摎**[5]佢出去食
fàn yá hǎu kōng ciǎng déu pēn yíu lōi vǔk ká zò ngīn hǎk mén dět sīn
飯，也好惶請兜朋友來屋下做人客，免得成
vūi cún dí bòi è siàu và
爲村**裏背**[6]嘅笑話。

giá cóng ngín lǎu kài lǔk sìp sòi lǒk ciǎng giá déu liǒng gúng pō lōi
其**丈人佬**[7]快六十歲咯，請**其兜**[8]兩公婆來
giá ài tàng zò sáng ngǐt giá lǎu pō kōng giá è lǎu gúng yìu cói cín cǐt
其**哎埞**[9]做生日。其老婆惶其嘅老公又在親戚

1. **早下**：從前、以前
2. **長日**：經常
3. **兜**：些
4. **惶**：害怕
5. **摎**：同、和
6. **裏背**：裏面
7. **丈人佬**：岳父
8. **其兜**：他們
9. **哎埞**：那裏

miên ciên zò déu sṳ̌t lí è sù àm zúng cìu láu gī yǒk hǎu ngāi
面前做兜失禮嘅事，暗中就摎佢約好：「**厓**[10]
cói zǒk pāng giǒk há yùng tiāu sīn bǒng děn ngī láu ngá è giǒk zǐ ngāi cíu
在桌棚腳下用條繩綁**等**[11]你摎吾嘅腳趾，厓抽
yǐt hà ngī cìu sìt yǐt hěu dí dàu mó ài sō zǎi cìu pǎk pǎk
一下，你就食一口，知道麼？」**哎**[12]傻仔就拍拍
sím hěu dí dàu lǎ giá lǎu pō hān hè ḿ fòng sím giět tìn
心口：「知道啦！」其老婆還係唔放心，決定
cói ká láu sō zǎi yén lièn yǐt hà lièn hói gǐ ngǐt ài sō zǎi cìu màn
在家摎傻仔演練一下。練**嗨**[13]幾日，哎傻仔就慢
màn è pùi hàp dět ḿ cò giá lǎu pō ḿ lái tiāu sīn gī cìu ḿ
慢嘅配合得唔錯。其老婆唔拉條繩，佢就唔
túng kài zǔ lǎu pō liēn děn cǐt hói gǐ hà ài tiāu sīn gī cìu liēn
動筷子，老婆連等**掣**[14]嗨幾下哎條繩，佢就連
sìt gǐ hěu giá lǎu pō cìu siǒng yín gói ḿ vòi cǔt cǐu lǒ
食幾口。其老婆就想：「應該唔會出醜咯。」

10. 厓：我
11. 等：表示進行中，相當於「着」
12. 哎：那
13. 嗨：表示完成，相當於「了」或廣州話的「咗」、「晒」
14. 掣：拉扯

zùi hèu dàu hói zò sáng ngĭt ài ngĭt ngám hói sŭ ài cìn ngiă zăk
最後到嗨做生日哎日，啱開始哎陣，這隻

pàn făp hău yíu yùng giá lău pō că yĭt hà tiāu sīn ài sō zăi cìu
辦法好有用。其老婆扯一下條繩，哎傻仔就

sìt yĭt hĕu sō zăi sìt dău hău dĕt tĭ giá lău pō dú hău hói sím
食一口。傻仔食到好得體，其老婆都好開心，

sím lí àm hĭ ngá è sō lău gúng zúng yí yíu dìt zŏng zìn lŏ
心裏暗喜：「吾嘅傻老公終於有**滴**[15]長進咯。」

mān dí sìt dàu yĭt bàn cóng ngín lău è liŏng tiāu gĕu cói zŏk pāng giŏk
盲知[16]食到一半，丈人佬嘅兩條狗在桌棚腳

há dă gáu záng gŭt tēu sìt liŏng tiāu gĕu cói zŏk pāng giŏk há dìt dìt
下打交，爭骨頭食。兩條狗在桌棚腳下**啲啲**

zŏn púng dău ài tiāu sīn ài tiāu sīn cói zŏk pāng giŏk há bín liŏng tiāu
轉[17]，碰到哎條繩。哎條繩在桌棚腳下**分**[18]兩條

gĕu că dău hău lòn ài sō zăi yí vūi hè giá lău pō că ài tiāu sīn
狗扯到好亂，哎傻仔以爲係其老婆扯哎條繩，

15. **滴**：一點點
16. **盲知**：怎知道、豈料
17. **啲啲轉**：繞圈
18. **分**：被

yí sì ciu bŏk miàng sìt ciu yĭt bién ciu hàm dĕn sìt ḿ ciĕt ă
於是就搏命食，就一邊就喊等：「食唔切呀！
sìt ḿ ciĕt ă ài sō zăi lé lōng tún fŭ yèn hĕu sŭi dú līu cŭt
食唔切呀！」哎傻仔呢狼吞虎嚥，口水都流出
lōi hău sĭt lí ngīn ngiă zăk diĕn gù ciu hè hăk gá sùk ngí gĕu gàng
來，好失禮人。這隻典故就係客家俗語「狗徑
sŏk è cŭt cù yì sú ciu hè sìt ḿ ciĕt lŏk
索」嘅出處，意思就係「食唔切」咯。

狐假虎威

插畫：Mushi Lai

sù līm dí bòi yíu tiāu hǎu hiúng máng è làu fǔ múi ngǐt dú vòi
樹林**裏背**[1]有條好兇猛嘅老虎，每日都會
liàp sǎt kī tá tùng vùt lōi tiēn bǎu dǔ pàt
獵殺其他動物來填飽**肚胈**[2]。

yíu yǐt ngǐt gī cìu ngì dǎu tiāu fū lī lǒk sím dí bòi cìu
有一日，佢就遇到條狐狸咯，心裏背就
siǒng hà hà gím mán è tài cón cǔt hièn lǎ làu fǔ cúng gò
想：「哈哈，今晚嘅大餐出現啦！」老虎衝過
hì láu ài fū lī dùi cì yǐt hiòng gǎu vàt è fū lī kòn dǎu
去，**摎**[3]**哎**[4]狐狸對峙。一向狡猾嘅狐狸，看到
cī gá māu pàn fǎp zěu dět lǒt cìu siǒng dǎu yǐt zǎk gè mīu
自家[5]冇辦法走得脫，就想到一隻計謀。

1. **裏背**：裏面
2. **肚胈**：肚子
3. **摎**：同、和
4. **哎**：那
5. **自家**：自己

gī bǎn hǐ mièn lōi gàu hiùn làu fū ngiá ngiǎ tiāu cìu làu
佢板起面來，教訓老虎：「**惹**[6]這條臭老

fū zín hè dǎm tài báu tién liēn ngāi ngī dú gǎm zǔk lōi sìt ngī
虎，真係膽大包天，連**厓**[7]你都敢捉來食？你

dí ḿ dí dàu ngāi hè là ngīn ǒ làu fū cìu hǎu ngī fèt ngī
知唔知道厓係哪人哦？」老虎就好疑惑：「你

hè là ngīn ǒ fū lī yǐt mièn sīn hì ngāi gǒng ngī tàng lá
係哪人哦？」狐狸一面神氣：「厓講你聽啦，

ngāi hè tién sīn pài lōi gǒn lí sǒ yíu è tùng vùt è ngī sìt hói
厓係天神派來管理所有嘅動物嘅。你食**嗨**[6]

ngāi è và lé ngī cìu hè vūi kòng tién sīn è zǐ yì ngī dám dóng
厓嘅話呢，你就係違抗天神嘅旨意，你擔當

dět hǐ māu
得起冇？」

làu fū yǐt tàng dǎu tién sīn cìu hǎk kōng hói lǒk fū lī
老虎一聽到「天神」，就嚇**惶**[9]嗨咯。狐狸

6. 惹：你
7. 厓：我
8. 嗨：表示完成，相當於「了」或廣州話的「咗」、「晒」
9. 惶：害怕

cìu gè sùk gǒng ngī hān hè ḿ sìn á hè mé ān yòng ngī cìu
就繼續講：「你**還係**[10]唔信呀？**係咩**[11]？恁樣你就
tēn ngāi cói sù lǐm dí bòi hāng yǐt dín kòn hè mè sǒ yíu tùng vùt kòn
賸[12]厓在樹林裏背**行一叮**[13]，看係咩所有動物看
dǎu ngāi dú vòi bǒk miàng zěu á
到厓，都會搏命走呀？」

làu fǔ tàng dǎu fū lī è kěu hì ān tài cìu giět tìn tēn děn
老虎聽到狐狸嘅口氣**恁**[14]大，就決定賸**等**[15]
fū lī zěu yǐt kién kòn kòn giět gǒ lé sù lǐm dí bòi tài tài
狐狸，走一圈看看。結果呢，樹林裏背大大
siǎu siǎu è yá sìn kòn dǎu fū lī tài yāu tài bǎi ān yòng hāng gò
小小嘅**野性**[16]，看到狐狸大搖大擺恁樣行過，
hèu bòi hān gén děn yǐt tiāu sáng sáng máng máng è tài làu fǔ dú hǎk dàu
後背[17]還跟等一條生生猛猛嘅大老虎，都嚇到
òi sǐ fá cìn hì lìt lōi tāu páu
愛[18]死，花盡氣力來逃跑。

10. 還係：仍然
11. 係咩：是否，「係唔係」的合音
12. 賸：跟隨
13. 行一叮：繞一圈
14. 恁：這樣、那樣
15. 等：表示進行中，相當於「着」
16. 野性：野獸
17. 後背：後面
18. 愛：要

làu fū kòn dău zú hèu yǐt sī gán hān yí vūi sù lĭm dí bòi
老虎看到之後，一時間還以爲樹林裏背

ài déu yá sìn hè bín fū lī è vúi fúng hăk pà è ài sím
哎兜[19]野性，係**分**[20]狐狸嘅威風嚇怕嘅，哎心

ciu siŏng ngiēn lōi fū lī zín hè tién sīn pài lōi è fū lī kòn
就想：「原來狐狸眞係天神派來嘅！」狐狸看

dău làu fū hău kōng ān yòng è mièn sĕt hān gò dĕt yì ngī dí dàu
到老虎好惶恁樣嘅面色，**還過**[21]得意。「你知道

ngá è lì hòi lé hà hà
吾嘅[22]厲害呢！哈哈！」

fŭt yēn gán yíu tiāu mōi fá lùk ciu tài giàu lŏk kài dìt zĕu
忽然間，有條梅花鹿就大叫咯：「快**滴**[23]走

á làu fū lōi hói ă mōi fá lùk è giàu sáng lé hiŏng hói vōn
呀，老虎來嗨呀！」梅花鹿嘅叫聲呢，響嗨**渾**[24]

zăk sém lĭm fū lī tàng dău zú hèu lé mièn sĕt dú fói lŏk hān
隻森林。狐狸聽到之後呢，面色都灰咯，還

găm dàu bòi héu yíu cìn hōn yì fū lī zàng siŏng hiòng làu fū găi sĭt è
感到背後有陣寒意。狐狸正想向老虎解釋嘅

sī hèu ciu bín làu fū pŏk dău cói tì sòng lŏk làu fū ciu tài giàu
時候，就分老虎撲倒在地上咯。老虎就大叫

yĭt sáng ngiēn lōi tài gá kōng è hè ngāi ḿ hè ngī fū lī
一聲：「原來大家惶嘅係厓，唔係你！」狐狸

hān lōi ḿ ciĕt hàm giù miàng ciu bín làu fū ngáu sī hoi lok
還來唔切喊救命，就分老虎咬死嗨咯。

19. 哎兜：那些
20. 分：被
21. 還過：更加
22. 吾嘅：我的
23. 滴：一點點
24. 渾：整個

客家話故事 5

人心節節高

插畫：Mushi Lai

yíu yǐt ngǐt sién ngīn lí tùng bín lōi fām gán yīu liàu lōi dàu yǐt
有一日，仙人呂洞賓來凡間**遊料**[1]，來到一
gán zǐu gá yǐt hěu hì sìt hói sám cīn zǐu gī hān hè gǒk dět yì yīu
間酒家，一口氣**食**[2]**嗨**[3]三醒酒。佢**還係**[4]覺得意猶
vùi cìn ān yòng gī cìu tài sáng hèm lǎu bǎn àn lōi yǐt cīn
未盡，**恁樣**[5]佢就大聲喊：「老闆，**更**[6]來一醒！」
ài lǎu bǎn cìu gǒng dùi ḿ cù ǒ diàm dí bòi zǐu bín ngī sìt góng
哎[7]老闆就講：「對唔住哦，店**裏背**[8]酒**分**[9]你食光
hói lǒ lí tùng bín gǒk dět sàu hìn cìu gǒng pīn tàu gín là
嗨咯。」呂洞賓覺得掃興，就講：「貧道**今下**[10]
zǐu hìn zìn ngiūng zò mǎk ān kài cìu māu cíu zǐu lǒ ài diàm zǔ
酒興正濃，做乜恁快就冇**揫**[11]酒咯？」哎店主

1. **遊料**：遊玩
2. **食**：吃、喝
3. **嗨**：表示完成，相當於「了」或廣州話的「咗」、「晒」
4. **還係**：仍然
5. **恁樣**：這樣、那樣
6. **更**：再
7. **哎**：那
8. **裏背**：裏面
9. **分**：被
10. **今下**：現在
11. **揫**：全部

gǎi sǐt ḿ hǎu yì sú siǎu diàm zò è hè sè bǔn sén lì māu
解釋：「唔好意思，小店做嘅係細本**生理**[12]，冇

bǔn ciēn cú pì ān dó cǐn zǐu ciǎng sién ngǐn gièn lìong
本錢貯備恁多醒酒，請仙人見諒。」

lí tùng bín zǐu yǐn mān zǐ yí sì cìu zióng lǎu bǎn lái dàu vǔk hèu
呂洞賓酒癮**吂**[13]止，於是就將老闆拉到屋**後**

bòi sǔi ziǎng bién yǐt bién kěu zúng ngiàm ngiàm yíu cū yēn hèu cìu dùi diàm
背[14]水井邊，一邊口中念念有詞，然後就對店

zǔ gǒng ngiá è hěu ziǎng dí bòi cìu hè zǐu lōi è kài dìt dǎ lōi
主講：「**惹嘅**[15]口井裏背就係酒來嘅，快**滴**[16]打來

bín pīn tàu sìt lá ài zǎk lǎu bǎn bàn sìn bàn ngī cī gá sién sōng
分[17]貧道食啦！」哎隻老闆半信半疑，**自家**[18]先嚐

yǐt hěu ziǎng sǔi gǒ yēn bièn sīn hói zǐu lǒk lǎu bǎn yìu giáng yìu hǐ
一口，井水果然變成嗨酒咯。老闆又驚又喜，

gǒn kài cìu dǎ zǐu bín lí tùng bín sìt lí tùng bín sìt dǎu mǐn dǐn
趕快就打酒分呂洞賓食。呂洞賓食到酩酊

12. **生理**：生意
13. **吂**：未曾
14. **後背**：後面
15. **惹嘅**：你的
16. **滴**：一點點
17. **分**：給予
18. **自家**：自己

tài zùi cín sím mán yì ān yòng zěu hói lǒk
大醉，稱心滿意恁樣走嗨咯。

lău băn ngiă hĕu sŭi ziăng yá bièn hói zĭu ziăng vū bŭn sáng lì
老闆這口水井也變成酒井，無本生利，

māu gĭt gĭu cìu făt cōi lŏk yĭt ngiēn hèu lí tùng bín yìu gín gò ngiă
冇幾久就發財咯。一年後，呂洞賓又經過這

diàm sìu dàu lău băn ngièt cīn è kŏn tòi sìt bău yĭm zùi zú hìu
店，受到老闆熱情嘅款待。食飽飲醉之後，

lí tùng bín cìu făt hièn dău lău băn mièn sĕt bièn hói hău ciòng yíu sím sù
呂洞賓就發現到老闆面色變嗨，好像有心事，

sŏ yí cìu mùn lău băn ngī hān yíu măk gài kùn lān kòn ngāi bóng
所以就問：「老闆你還有**乜介**[19]困難，看**厓**[20]幫

ḿ bóng dău ngī á
唔幫到你啊？」

ài zăk lău băn má sòng gŏng sién ngīn ngī sù bín ngāi ziăng zĭu
哎隻老闆馬上講：「仙人，你賜分厓井酒，

19. **乜介**：甚麼　　20. **厓**：我

ngāi gǎm gīt bǔt cìn, zò mǎk gài piėt ngīn bīt zǐu vòi yìn dǎu záu mā
厓感激不盡，做乜介別人**潷酒**[21]會剩到**糟嫲**[22]
kǒ yí giùng zú tàn ngá è hěu ziǎng yìu māu è lé ciǎng sién ngīn zài
可以供豬，但我嘅口井又冇嘅呢？請仙人再
sù bín ngāi yīt dìt záu mā kǒ yí māu ó
賜分厓一滴糟嫲，可以冇啊？」

lí tùng bín tàng hói hà hà tài siàu lái děn lǎu bǎn yìu dàu
呂洞賓聽嗨，哈哈大笑，拉**等**[23]老闆又到
ziǎng bién kěu zúng ngiàm hǐ zìu ngí àn dùi ài lǎu bǎn gǒng tién gáu bǔt
井邊，口中念起咒語，更對哎老闆講：「天高不
sòn gáu ngīn sím ziět ziět gáu ziǎng sǔi bièn sīn zǐu yìu hiām zú māu
算高，人心節節高。井水變成酒，又嫌豬冇
záu ài lǎu bǎn yīt tàng hǎk hói yīt tiàu dí dàu cī gá tět gò
糟。」哎老闆一聽，嚇嗨一跳，知道自家**忒過**[24]
tám sím dět cùi ài sién ngīn lǒk dóng gī siǒng tàu kiǎp cià cùi è
貪心，得罪哎仙人咯。當佢想道歉謝罪嘅

21. 潷酒：釀酒
22. 糟嫲：米酒渣；此處後綴「～嫲」無雌性意義
23. 等：表示進行中，相當於「着」
24. 忒過：太、過於

sī hèu zàng făt gŏk lí tùng bín zău cìu siáu sĭt hói lŏk yī ngiă
時候，**正**[25]發覺呂洞賓早就消失嗨咯，而這

kĕu ziăng yá bièn zŏn sŭi lău băn hèu fùi yá lōi ḿ ciĕt lŏk
口井也變**轉**[26]水，老闆後悔也來唔切咯。

25. 正：才、方才　　**26. 轉**：回

老虎摎貓嘅故事

插畫：Lok is mooning
(IG @mooninghk)

sán lĩm dí bòi cù hói hău dó yá sìu kĩ zúng yíu yĭt tiău hiúng
山林**裏背**[1]住**嗨**[2]好多野獸，其中有一條兇
máng è làu fŭ làu fŭ tàng gŏng miàu è gúng fú liău dĕt cìu hì bài
猛嘅老虎。老虎聽講貓嘅功夫了得，就去拜
miàu vŭi sú hòk sìp vú ngì
貓爲師，學習武藝。

miàu dí dàu làu fŭ ḿ hè sièn lùi yá dí dàu ḿ lĕn gìu cŭi
貓知道老虎唔係善類，也知道唔能夠隨
pièn dĕt cùi tàn hè yìu ngìn vŭi zò làu fŭ è sú fù kŏ yí tĩ sín
便得罪，但係又認爲做老虎嘅師父可以提升
cĩ gá cói sán zúng è tì vùi sŏ yí cìu dăp yìn hói lŏk bŭt gò
自家[3]在山中嘅地位，所以就答應嗨咯。不過，

1. **裏背**：裏面
2. **嗨**：表示完成，相當於「了」或廣州話的「咗」、「晒」
3. **自家**：自己

miàu àm zúng giĕt tìn lĭu yĭt sĭu ḿ zióng sŏ yíu è cièt záu cōn sĭu bín
貓暗中決定留一手，唔將所有嘅絕招傳授**分**[4]

làu fŭ miàu dùi làu fŭ gŏng ngī ān cúng yìu ḿ sŭ zăk gŏ zăi
老虎。貓對老虎講：「你**恁**[5]重，又唔使摘果仔

sìt pā sù ḿ vŭn vòi dièt sĭ è á ḿ hău hòk pā sù hău
食，爬樹唔穩會跌死嘅啊，唔好學爬樹好

mó làu fŭ gŏk dĕt yá yíu tàu lí cìu gŏng hău māu mùn
麼？」老虎覺得也有道理，就講：「好，冇問

tī yí sì miàu ciàng gáu làu fŭ pŏk gŭn zău ngáu láu
題。」於是，貓**淨**[6]教老虎撲、滾、抓、咬，**摎**[7]

gŏk zŭng cīm liàp zúi zúng gúng fú cìu hè māu gáu gī pā sù
各種尋獵、追蹤功夫，就係冇教佢爬樹。

gò hói gĭ zăk ngièt hòk dău sŏ yíu sīn cìu è làu fŭ bĭ hĭ yí
過嗨幾隻月，學到所有成就嘅老虎比起以

ciēn hān gò hiúng máng lŏk zóng ngā mŭ zău vúi hiăp sán zúng băk cìu múi
前**還過**[8]兇猛咯，張牙舞爪，威脅山中百獸每

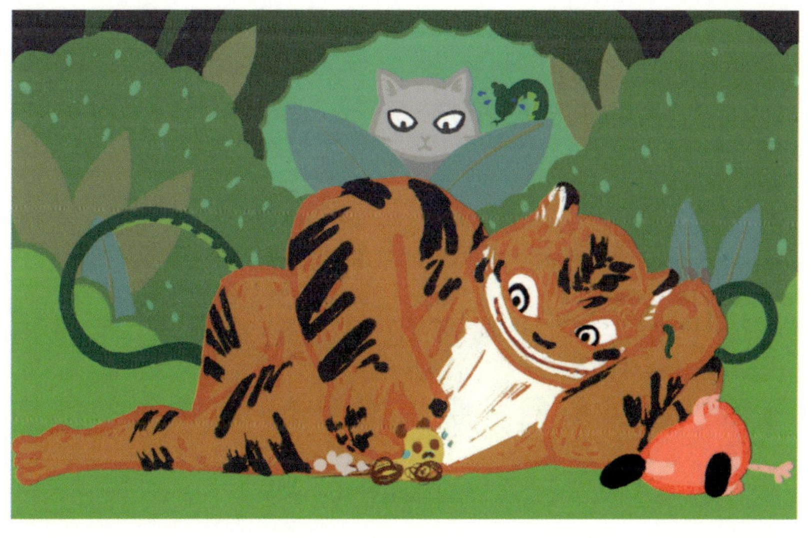

4. 分：給予
5. 恁：這樣、那樣
6. 淨：只
7. 摎：同、和
8. 還過：更加

ngǐt hièn sóng yǐt tiāu siǎu tùng vùt bín gī sìt bǎk cìu kōng sǐ hói lǒk
日獻上一條小動物分佢食。百獸**惶**[9]死嗨咯，
yí sì cìu ciǎng làu fū è sú fù miàu hì zǐn cì hà fài tū
於是就請老虎嘅師父——貓，去整治下壞徒
tì miàu yá gǒk dět làu fū tět gò gò fùn cìu yín yǔn tài gá
弟。貓也覺得老虎**忒過**[10]過份，就應允大家，
hì gáu hiùn hà làu fū
去教訓下老虎。

làu fū kòn dǎu miàu ciàng kiáng kiáng hàm hói yǐt sáng sú fù
老虎看到貓，淨輕輕喊嗨一聲「師父」，
liēn lí dú ḿ hāng lǒk miàu hǎu láu cìu hǒt ài làu fū ngī
連禮都唔行咯。貓好惱，就喝哎老虎：「你
kǔi děn làu fū yǐt dìt dú ḿ hǎk hì cìu gǒng ngī sáng dět
跪**等**[11]！」老虎一**滴**[12]都唔客氣，就講：「你生得
ān sè zǎk ngāi ḿ tàng ngiá và ngī lài ngāi mǎi hō á miàu
恁細隻，**厓**[13]唔聽**惹**[14]話，你奈厓**嘪**[15]何？」阿貓
ngiún ḿ cù cìu tài mà làu fū ngī ḿ yín gói vūi fúi zǒk dǎi mǔk
忍唔住就大罵老虎：「你唔應該爲非作歹，目
vū zún zǒng làu fū tùt yēn fǎt làn ngì và bǔt sǒt cìu pǒk hiòng
無尊長……」老虎突然發難，二話不說就撲向
miàu
貓。

miàu súi yēn hǎk hói yǐt giáng tàn liòng bién dú hè sú fù yǐt tiàu
貓雖然嚇嗨一驚，但**仰邊**[16]都係師父，一跳
cìu pā sóng sù dǎng lá ḿ sǐt pā sù è làu fū mòng děn sù dǎng
就爬上樹頂咯。唔識爬樹嘅老虎，望等樹頂
è miàu vū kǒ lài hō ài miàu cìu siǒng gǔ ḿ dǎu làu fū ān
嘅貓，無可奈何。哎貓就想：「估唔到老虎恁

9. **惶**：害怕
10. **忒過**：太、過於
11. **等**：表示進行中，相當於「着」
12. **滴**：一點點
13. **厓**：我
14. **惹**：你
15. **嘪**：甚麼，「乜介」的合音
16. **仰邊**：怎樣

tài ngiàk bŭt tàu hău cŏi dóng có lĩu hói yĭt sĭu zĕ làu fŭ ciàng hău
大逆不道，好彩當初留嗨一手唧！」老虎淨好

ngăn pàk pàk kòn dĕn miàu zĕu hói yĩ miàu yá dí dàu làu fŭ lì hòi
眼白白看等貓走嗨，而貓也知道老虎厲害，

ḿ găm zài lòn síu tŭ tì lŏk hān tāu dàu sán há bòi tēu kàu ngĩn lùi
唔敢再亂收徒弟咯，還逃到山**下背**[17]投靠人類，

gŏng bín giá déu tàng làu fŭ vūi fàm zùi hèu ngĩn lùi zŭ sĩn sĭu liàp dùi
講分**其兜**[18]聽老虎爲患。最後人類組成狩獵隊，

sóng sán săt sĭ làu fŭ sán lĩm zàng fũi gúi pĩn cìn
上山殺死老虎，山林**正**[19]回歸平靜。

17. 下背：下面

18. 其兜：他們

19. 正：才、方才

客家話故事 7

貓狗結怨

插畫：Mushi Lai

zǎu hà yíu zǎk gáng tiēn lǎu yóng hói tiāu miàu láu tiāu gěu ài
早下有隻耕田佬，養**嗨**[1]條貓**摎**[2]條狗。**哎**[3]
miàu cúng mīn līn lì yǐt cìt dět dǎu gáng tiēn lǎu è òi siǎk ài gěu
貓聰明伶俐，一直得到耕田佬嘅愛惜；哎狗
kiūn lāu tàp sìt tàn hè cìu dět ḿ dǎu gáng tiēn lǎu è gá ziǒng
勤勞踏實，但係就得唔到耕田佬嘅嘉獎。

yíu yǐt ngǐt gáng tiēn lǎu hì tēu hí mài dúng sí līm zěu ài
有一日，耕田佬**去投墟**[4]賣東西，臨走**哎**
cìn fún fù miàu láu gěu hì tiēn tàp piāng hiàu hǐ lōi è vō tēu
陣[5]，吩咐貓摎狗去田，踏平翹起來嘅禾頭，
vān sīn hèu zàng yíu sǒng
完成後**正**[6]有賞。

1. **嗨**：表示完成，相當於「了」或廣州話的「咗」、「晒」

2. **摎**：同、和

3. **哎**：那

4. **去投墟**：去城裏

5. **哎陣**：那時

6. **正**：才、方才

gáng tiēn lău yĭt lī hói miàu láu gēu dú hì tiēn dí bòi tàp vō
耕田佬一離開，貓摎狗都去田**裏背**[7]踏禾

tēu bŭt gò ài miàu tàp hói māu gĭt gĭu cìu láu ài gēu gŏng gēu
頭。不過，哎貓踏嗨冇幾久，就摎哎狗講：「狗

tài gó ngī tàp dĕn zàng á dĕn ngāi híu sĭt hà zàng lōi tàp lá
大哥，你踏**等**[8]**正**[9]啊，等**厓**[10]休息下正來踏啦。」

ngiām dĕn cìu tiàu sóng pó tài sù hì sòi àn zìu gàu ài gēu cī gá
黏等[11]就跳上棵大樹去，睡晏晝覺。哎狗**自家**[12]

cói tiēn dí bòi tàp vō tēu ài zòi dí bòi cī gá ngiàm dĕn cìu
在田裏背踏禾頭，哎**啜**[13]裏背自家唸等，就

cī gá gŏng sī lán miàu kòn ngī ngiă dĕt sìn zŭ ngīn zŏn lōi
自家講：「死懶貓！看你這德性，主人**轉來**[14]

hān vòi ḿ vòi făt ziŏng sŏng bín ngī lé
還會唔會發獎賞**分**[15]你呢？」

gēu cói lăt lăt è ngĭt tēu há sín sín kŭ kŭ ān yòng gúng zŏk
狗在**焫**[16]焫嘅日頭下辛辛苦苦**恁樣**[17]工作，

7. **裏背**：裏面
8. **等**：表示進行中，相當於「着」
9. **V+ 正**：在動詞 V 後面，表示「先 V」；「踏等正」即「先踏着」
10. **厓**：我
11. **黏等**：跟着
12. **自家**：自己
13. **啜**：嘴
14. **轉來**：回來
15. **分**：給予
16. **焫**：灼熱
17. **恁樣**：這樣、那樣

zúng yí tàp hói sŏ yíu è vō tēu yá gŏk dĕt kiòi lŏk cìu zĕu dàu
終於踏嗨所有嘅禾頭，也覺得攰咯，就走到
sù dăi há dŭk mŭk sòi dĕn zŭ ngīn zŏn lōi māu gĭt gĭu yĭt
樹底下，**啄目睡**[18]，等主人轉來。冇幾久，一
cìn cín fúng cúi gò lōi ài miàu siăng hói gī zŭt hà dùi ngăn cún
陣淸風吹過來，哎貓醒嗨。佢捽下對眼，伸
cōng hói giăng yĕn tiàu kòn dău gáng tiēn lău hău ciòng òi zŏn dàu lōi lŏk
長嗨頸遠眺，看到耕田佬好像**愛**[19]轉到來咯，
yí sì lé cìu má sòng tiàu dàu tiēn dí bòi zà dàu hău yùng sím ān
於是呢就馬上跳到田裏背，**詐**[20]到好用心恁
yòng tàp vō tēu
樣踏禾頭。

gáng tiēn lău cùk ciàm zĕu kiùn ài miàu bă ăk sī gí tiàu dàu gáng
耕田佬逐漸走近，哎貓把握時機，跳到耕
tiēn lău ngiàm cēn cìu gŏng zŭ ngīn ngī zŏn lōi lá ngī kòn ài
田佬臉前就講：「主人，你轉來啦？你看，哎
vō tēu ciēn pù bín ngāi tàp hói lŏk ngám ngám cói sù dăi há dŭk mŭk sòi
禾頭全部**分**[21]厓踏嗨咯。」啱啱在樹底下啄目睡
è gĕu ngiă sī hèu zàng siăng gò lōi má sòng pău dàu gáng tiēn lău ngiàm
嘅狗，這時候正醒過來，馬上跑到耕田佬臉
cēn siŏng òi găi sĭt tàn hè gáng tiēn lău lé cìu sién hói hĕu mà ngīn á
前想愛解釋。但係耕田佬呢就先開口罵人：「阿
gĕu ngī téu téu zŭ sòi mŭk ngī kòn á miàu zò dŏt gĭt hău ngāi
狗，你偷偷**子**[22]**睡目**[23]！你看阿貓做得幾好，厓
òi hău hău ān yòng ziŏng á miàu ài gĕu lé băk cū mòk pièn cù
愛好好恁樣獎阿貓！」哎狗呢，百辭莫辯，自
ngìn dóng sói
認當衰。

18. **啄目睡**：打瞌睡
19. **愛**：要
20. **詐**：假裝
21. **分**：被
22. **AA 子**：在重疊的形容詞 A 後面，表示「有點 A」
23. **睡目**：睡覺

bŭt gò gáng tiēn lău tùt yēn līu yì dău gĕu è sì zăk giŏk dú ngiām
不過，耕田佬突然留意到狗嘅四隻腳都黏
mán hói vō cău sùi yī ài miàu lé cìu hău său yìu hì tiēn dí
滿嗨禾草碎，而哎貓呢，就好少。又去田裏
bòi kòn kòn dău vō tēu sòng mièn ciēn pù dú hè gĕu è giŏk ziăk
背看，看到禾頭上面，全部都係狗嘅腳蹟，
sím dí bòi cìu mīn pàk hè ài miàu lăm zĕu hói gĕu è gúng lāu yí
心裏背就明白，係哎貓攬走嗨狗嘅功勞，於
sì cìu zŏn sín tài mà á miàu ngī gĭn yēn găm cŏt ngāi
是就轉身大罵：「阿貓，你竟然敢**撮**[24]厓！」
gáng tiēn lău cói lām dí bòi lá cŭt yĭt kài ngiŭk lōi ziŏng bín gĕu yī miàu
耕田佬在籃裏背拿出一塊肉來獎分狗，而貓
lé cìu măk gài dú māu ài kièn sù zú hèu miàu láu gĕu è gán
呢，就**乜介**[25]都冇。哎件事之後，貓摎狗嘅關
hè cìu bièn dĕt hău cá bièn hói sĭ dùi tēu lŏk
係就變得好差，變嗨死對頭咯。

24. **撮**：騙
25. **乜介**：甚麼

客家話故事 8

死食嘅廖官玉

插畫：曉晴

liàu gón ngiùk cūng sè cìu hǎu sǐ sìt yíu yǐt ngǐt gī láu giá
廖官玉從細就好**死食**[1]。有一日，佢**摎**[2]其

mí giá bá hì bài fǒng cún zǒng cún zǒng ciǎng giá déu yǐt gá lǐu há lōi
𡟓[3]其爸去拜訪村長，村長請**其兜**[4]一家留下來

sìt yà
食夜[5]。

liàu gón ngiùk sìt hói ngǐ lǔk vǒn fàn á mí á bá sè sáng gǒng
廖官玉食**嗨**[6]五六碗飯，阿𡟓阿爸細聲講：

ḿ hǎu àn sìt lá ḿ hè ngīn gá yí vūi ngá déu zióng ngó lài zú
「唔好**更**[7]食啦，唔係人家以爲**吾兜**[8]將我**賴子**[9]

ngò dǎu ān yòng cún zǒng gǒng ḿ gǐn yàu ziáu zǎi sìt dó dìt
餓到**恁樣**[10]。」村長講：「唔緊要，**僬仔**[11]食多**滴**[12]

zàng hiǎu kài gáu zǒng tài è liàu gón ngiùk ngī sìt fàn yíu sìt bǎu
正[13]**曉**[14]快高長大嘅。廖官玉，你食飯有食飽

mó liàu gón ngiùk cìu gǒng yíu ǎ ngāi sìt fàn sìt bǎu lǎ
麼？」廖官玉就講：「有呀，**厓**[15]食飯食飽啦。」

cún zǒng lǎu pō mùn ngá déu hān yíu dìt zǔk ngī òi mó liàu
村長老婆問：「吾兜還有滴粥，你**愛**[16]麼？」廖

gón ngiùk tài sáng gǒng òi á liàu gón ngiùk yǐt vǒn yǐt vǒn zióng
官玉大聲講：「愛呀！」廖官玉一碗一碗，將

ài báu dí bòi dìt zǔk dú sìt cíu hói lí lǎ cún zǒng mùn hǎu
哎[17]煲**裏背**[18]滴粥都食**摮**[19]**嗨哩**[20]啦。村長問：「好

1. **死食**：饞嘴、貪吃
2. **摎**：同、和
3. **𡟓**：母親
4. **其兜**：他們
5. **食夜**：吃晚飯
6. **嗨**：表示完成，相當於「了」或廣州話的「咗」、「晒」
7. **更**：再
8. **吾兜**：我們
9. **賴子**：兒子
10. **恁樣**：這樣、那樣
11. **僬仔**：小孩
12. **滴**：一點點
13. **正**：才、方才
14. **曉**：會
15. **厓**：我
16. **愛**：要
17. **哎**：那
18. **裏背**：裏面
19. **摮**：全部
20. **V+ 嗨哩**：在動詞 V 後面，表示「已經 V 了」

sìt mó ngī sìt zŭk yá sìt bău hói lŏk liàu gón ngiùk gŏng hău
食麼？你食粥也食飽嗨咯？」廖官玉講：「好

sìt sĭt hói fàn yìu sìt zŭk dóng yēn bău lá cún zŏng lău pō cìu mùn
食！食嗨飯又食粥，當然飽啦。」村長老婆就問：

cū fōng dí bòi hān yíu dìt gái tóng ngī òi mó liàu gón ngiùk yĭt
「廚房裏背還有滴雞湯，你愛麼？」廖官玉一

tàng dău yíu gái tóng má sòng gŏng òi á cún zŏng ài lău pō
聽到有雞湯，馬上講：「愛啊！」村長哎老婆

yău hói gĭ vŏn gái tóng cŭt lōi liàu gón ngiùk túng túng sìt góng hói lŏk
舀嗨幾碗雞湯出來，廖官玉通通食光嗨咯。

liàu gón ngiùk ài yā ói kòn dău zŏk mièn sìp gĭ zăk kúng vŏn ngiún
廖官玉哎**爺娭**[21]看到桌面十幾隻空碗，忍

ḿ cù cìu gŏng gón ngiùk á ngīn gá mùn ngī sìt fàn sìt bău măi
唔住就講：「官玉啊，人家問你食飯食飽**嘪**[22]，

ngī gŏng bău dĕn gán yìu hān sìt dó gĭ vŏn tiám ngīn gá mùn ngī sìt
你講飽，**等間**[23]又還食多幾碗**添**[24]；人家問你食

21. **爺娭**：父母
22. **嘪**：甚麼，「乜介」的合音
23. **等間**：等下
24. **添**：放在句末，表示「再」

zŭk sìt bău măi ngī gŏng bău dĕn gán yìu sìt hói gĭ vŏn sùn ngī
粥食飽嘪，你講飽，等間又食嗨幾碗**順**[25]。你
dàu dăi òi sìt gĭt dó zàng sòn bău è ó
到底愛食幾多，正算飽嘅喔？」

liàu gón ngiùk tàng hói zú hèu zióng cún zŏng tĭn yèn yĭt zăk sŭi tŭng lá
廖官玉聽嗨之後，將村長庭院一隻水桶拿
gò lōi gī zióng gĭ gāu tài sàk gŭ fĭt lòk ài sŭi tŭng dí bòi
過來。佢將幾嚿大**石牯**[26]，**拂**[27]落哎水桶裏背，
mùn ngiá déu kòn ngiă sŭi tŭng yíu zóng mán hói dúng sí māu cún
問：「**惹兜**[28]看，這水桶有裝滿嗨東西冇？」村
zŏng cìu gŏng yíu á dú zóng mán sàk tēu lá liàu gón ngiùk yìu
長就講：「有啊，都裝滿石頭啦。」廖官玉又
yă hói gĭ ngiàm sá gúng vài lòk hì tŭng dí bòi yāu yĭt yāu ài
扡[29]嗨幾**廿**[30]**沙公**[31]，**摵**[32]落去桶裏背，搖一搖，哎
sá cìu līu lòk hì sàk tēu è là hì lŏk liàu gón ngiùk gŏng gín là
沙就流落去石頭嘅罅去咯。廖官玉講：「**今下**[33]

25. 順：湯水
26. 石牯：石頭
27. 拂：扔
28. 惹兜：你們
29. 扡：抓
30. 廿：一手的
31. 沙公：沙子；此處後綴「～公」無雄性意義
32. 摵：撒石灰、種子的動作
33. 今下：現在

sũi tũng mán hói mān cún zŏng lău pō cìu gŏng mán hói lá
水桶滿嗨𠊎[34]？」村長老婆就講：「滿嗨啦！」
liàu gón ngiùk yìu zióng gĩ sŏk sũi dău lòk hì tũng dí bòi ài sũi cìu lĩu
廖官玉又將幾勺水倒落去桶裏背，哎水就流
lòk sàk tēu láu sá zú gán tàn hè hān mān pūn cŭt lōi
落石頭摎沙之間，但係還𠊎溢[35]出來。
liàu gón ngiùk cìu siàu dĕn gŏng mĩ fàn hău bĩ sàk tēu ngiŭk zŭk
廖官玉就笑等講：「米飯好比石頭，肉粥
hău bĩ sá gúng ài gái tóng hău ciòng cín sũi ngá è vũi cìu hău ciòng
好比沙公，哎雞湯好像清水。吾嘅胃就好像
ài zăk sũi tũng kŏ yí zóng hău dó dúng sí è á ài tài ngĩn tàng
哎隻水桶，可以裝好多東西嘅呀！」哎大人聽
dău hói kŭk siàu bŭt dĕt gŏk dĕt ngiă zăk ziáu zăi zín hè yíu dìt siău
到嗨，哭笑不得，覺得這隻僬仔眞係有滴小
cúng mĩn
聰明。

34. **𠊎**：未曾　　**35.** **溢**：滿瀉、溢出

塞翁失馬

插畫：Betty Wong
(IG @in.moment.like.this)

zău hà cói bĕt bién è bién sòi tì kí yíu zăk ngīn ón gò sòi
早下[1]在北邊嘅邊塞地區，有隻人**安做**[2]塞
vúng yíu yĭt ngĭt sòi vúng è má zĕu sĭt hói găk lī līn să dí
翁。有一日，塞翁嘅馬走失**嗨**[3]。隔籬鄰舍知
dàu ngiă zăk siáu sĭt dú lōi sòi vúng è vŭk ká ón vùi gī hàm
道這個消息，都來塞翁嘅**屋下**[4]安慰佢，喊
gī ḿ hău lān gò
佢唔好難過。

mān dí sòi vúng hău pīn cìn gŏng ngá è má súi yēn zĕu sĭt
盲知[5]塞翁好平靜，講：「**吾嘅**[6]馬雖然走失
hói lŏk tàn gŏng ḿ tìn ngiă kièn hè hău sù lé ài līn să gŏk dĕt
嗨咯，但講唔定這件係好事呢！」**哎**[7]鄰舍覺得

1. **早下**：從前
2. **安做**：叫做
3. **嗨**：表示完成，相當於「了」或廣州話的「咗」、「晒」
4. **屋下**：家
5. **盲知**：怎知道、豈料
6. **吾嘅**：我的
7. **哎**：那

hǎu kī gài māu yǐt tiāu má liòng bién hiǎu hè hǎu sù lé sòi vúng
好奇怪，冇一條馬，**仰邊**[8]**曉**[9]係好事呢？塞翁
cìu siàu hà kòn hǐ lōi yǐt dìt dú ḿ gǎm dǎu sǐt lòk
就笑下，看起來一**滴**[10]都唔感到失落。

gò hói gǐ zǎk ngièt ngiǎ tiāu má cī gá zǒn vǔk ká lǒk
過嗨幾隻月，這條馬**自家**[11]**轉**[12]屋下咯，
hān dài hói làng ngòi yǐt tiāu yìu kiōng zòng máu sět yìu liòng lì è zùn má
還帶嗨另外一條又強壯、毛色又亮麗嘅駿馬。
ài gǎk lī līn sǎ tàng dǎu ngiǎ siáu sǐt zú hèu lé yìu fún fún páu dàu
哎隔籬鄰舍聽到這消息之後呢，又紛紛跑到
sòi vúng vǔk ká giúng hǐ gī gǒng sòi vúng ḿ dán zǐ cī gá è má zěu
塞翁屋下恭喜佢，講塞翁唔單止自家嘅馬走
zǒn lōi hān dó hói làng ngòi yǐt pǐt hǎu má tiám ngiǎ bǎi sòi vúng
轉來，還多嗨另外一匹好馬**添**[13]。這**擺**[14]，塞翁
fǎn yī zìu hǐ mī tēu gǒng dó yǐt pǐt zùn má yá ḿ yǐt tìn
反而皺起眉頭，講：「多一匹駿馬，也唔一定

8. **仰邊**：怎樣、如何
9. **曉**：會、可能
10. **滴**：一點點
11. **自家**：自己
12. **轉**：回
13. **添**：再
14. **擺**：次

hè mǎk gài hǎu sù lé dó hói yǐt pǐt má yíu mǎk gài ḿ hǎu lé
係**乜介**[15]好事呢！」多嗨一匹馬，有乜介唔好呢？
lǐn sǎ dú gǒk dět hàu kī gài sìt cài ḿ dí sòi vúng dàu dǎi siǒng
鄰舍都覺得好奇怪，實在唔知塞翁到底想
mǎk gài è
乜介嘅。

sòi vúng è lài zú hǎu zùng yì kī má cōng ngǐt kī děn ngiǎ tiāu
塞翁嘅**賴子**[16]好**中意**[17]騎馬，**長日**[18]騎**等**[19]這條
zùn má cǔt hì liàu yíu yǐt ngǐt sòi vúng è lài zú yǐt ḿ siǎu sím
駿馬出去**料**[20]。有一日，塞翁嘅賴子一唔小心
cìu cōi ài má bòi sòng mièn gèt hói há lōi diět tón hói giǒk lǐn sà
就在哎馬背上面跌嗨下來，跌斷嗨腳。鄰舍
dú gǒk dět hǎu lān gò yìu lōi sòi vúng vǔk ká ón vùi gī mān dí
都覺得好難過，又來塞翁屋下安慰佢。亡知
sòi vúng tàm tàm ān yòng dùi tài gá gǒng ngá lài zú súi yēn diět tón hói
塞翁淡淡**恁樣**[21]對大家講：「吾賴子雖然跌斷嗨
giǒk tàn gǒng ḿ tìn yá hè yǐt kièn hǎu sù lé ài déu lǐn sǎ
腳，但講唔定也係一件好事呢！」**哎兜**[22]鄰舍

15. **乜介**：甚麼
16. **賴子**：兒子
17. **中意**：喜歡
18. **長日**：經常
19. **等**：表示進行中，相當於「着」
20. **料**：玩
21. **恁樣**：這樣、那樣
22. **哎兜**：那些

múi zǎk ngīn dú mòk mīn kī miàu
每隻人都莫名其妙。

gò hói māu gǐt gǐu fū ngīn tài gǐ ngìp cím hèu sáng ài déu lām
過嗨冇幾久，胡人大舉入侵，後生哎兜男

ngīn dú òi zín tiàu dóng bín hǎu dó ngīn ngiēn gǐ kiáng kiáng cìu zièn sǐ sá
人都愛[23]徵調當兵，好多人年紀輕輕就戰死沙

cōng sòi vúng è lài zú yín vùi diět tón hói giǒk māu pàn fǎp dóng bín
場。塞翁嘅賴子因爲跌斷嗨腳冇辦法當兵，

fǎn yī yín vùi ān yòng giǎm zǒn tiāu miàng līn sǎ zúng yí liǎu gǎi hói sòi
反而因爲恁樣撿轉條命。鄰舍終於了解嗨塞

vúng è zì fùi mīn pàk múi kièn sù cīn hè fǔk hè fò ḿ hè dán
翁嘅智慧，明白每件事情係福係禍，唔係單

kòn biǎu mièn è yíu sī sǐt hì hói bièn hói fǔk yíu sī dět dǎu lǒk
看表面嘅。有時失去嗨變嗨福，有時得到咯，

yìu bièn hói fò
又變嗨禍。

23. 愛：要

客家話故事 10

曾貫萬致富傳說

插畫：Tsz Ki

sán hà vūi è hói gí zŭ zén gòn màn bŭn lōi hè yĭt zăk sàk siòng
山廈圍嘅開基祖曾貫萬本來係一隻石匠，
hèu lōi yāu sín yĭt bièn sīn vūi hióng gŏng hói fìu zău ngiēn è sàk ngiàp kì
後來搖身一變，成爲香港開埠早年嘅石業鉅
zŭ gá cōi màn gòn
子，家財萬貫。

cù gŭ yí lōi dú yíu ḿ său gán yí zén gòn màn zì fù è cōn
自古以來，都有唔少關於曾貫萬致富嘅傳
sŏt yí há hè kī zúng zú yĭt zén gòn màn yìu ón gò zén sám lì
說，以下係其中之一。曾貫萬又**安做**[1]曾三利，
zŭ cìt gŏng dúng nğ fā sìp lŭk sòi è sī hèu tēn hói á gó lōi hióng
祖籍廣東五華，十六歲嘅時候**䞼**[2]**嗨**[3]阿哥來香

1. **安做**：叫做
2. **䞼**：跟隨
3. **嗨**：表示完成，相當於「了」或廣州話的「咗」、「晒」

gǒng mīu sáng cói cā gǒ liáng yǐt dài è sàk cǒng láu ngīn dǎ sàk báu
港謀生，在茶果嶺一帶嘅石廠**摎**[4]人打石。**包**
múi sàk cǒng dǎu bì zén gòn màn zǒn dàu sí ván hō gín yāng càp fò diàm
尾[5]石廠倒閉，曾貫萬**轉**[6]到西灣河經營雜貨店。
sióng cōn gī dóng ngiēn ziǎp dǎu yǐt zúng kī gài è mái mài yǐt kiūn lōi lit
相傳佢當年接到一宗奇怪嘅買賣，一群來歷
bǔt mīn è nḡ mīn hiòng gī déu cīu sìp lǔk vùng hām nḡ zén gòn màn ciàng
不明嘅漁民向佢兜售十六甕鹹魚。曾貫萬淨
mái hói kī zúng è sì vùng tàn hè nḡ mīn māu dài zěu yìn há lōi è
買嗨其中嘅四甕，但係漁民冇帶走剩下來嘅
sìp ngì vùng hām nḡ fǎn yī gì sūn cói giá è càp fò pù zú zúng
十二甕鹹魚，反而寄存在**其嘅**[7]雜貨舖之中。

báu múi ài bán nḡ mīn yǐt hì bǔt fǎn zài vū yím sìn zén
包尾**哎**[8]班漁民一去不返，再無音訊，曾
gòn màn yí sì cìu dǎ hói nḡ mīn gì sūn è sìp ngì vùng hām nḡ hǎu
貫萬於是就打開漁民寄存嘅十二甕鹹魚，好

4. **摎**：替
5. **包尾**：後來
6. **轉**：回
7. **其嘅**：他的
8. **哎**：那

giáng ngă ān yòng făt hièn ài vùng dí bòi ciàng hè sòng cēn hè hām nḡ
驚訝**恁樣**[9]發現，哎甕**裏背**[10]淨係上層係鹹魚，

há cēn ciēn pù hè gím ngiūn yíu ngīn túi cĕt ài bán nḡ mīn kī sìt hè
下層全部係金銀。有人推測哎班漁民其實係

hŏi tàu gă pàn vùi hói pì fúng tēu zióng giăp lōi è gím ngiūn cōng cói
海盜假扮，爲嗨避風頭，將劫來嘅金銀藏在

ài vùng zúng gán pìn ciă yùng hām nḡ lōi yăm sĭt tàn hè zùi hèu yín
哎甕中間，並且用鹹魚來掩飾，但係最後因

vùi fúng sáng tĕt gò gĭn bŭt dĕt bŭt hì zóng
爲風聲**忒過**[11]緊，不得不棄贓。

sióng cōn zén gòn màn zià gí yùng ngiă bĭt ciēn cōi zò zŏn lău bŭn hōng
相傳曾貫萬借機用這筆錢財，做轉老本行

dă sàk ngiàp siĕt lìp sám lì sàk cŏng pìn sīn dĕn hióng gŏng hói fìu zú
打石業，設立三利石廠，並**乘等**[12]香港開埠之

có yín zìn fŭ tài hín tŭ mŭk ài cìn lé sīn vūi fù găp yĭt fóng
初，英政府大興土木**哎陣**[13]呢，成爲富甲一方

9. 恁樣：這樣、那樣
10. 裏背：裏面
11. 忒過：太、過於
12. 乘等：趁着
13. 哎陣：那時

è sóng ngīn yá yín cŭ yíu lēn lìt hín gièn sán hà vūi ngiă cò tài càk
嘅商人，也因此有能力興建山廈圍這座大宅，
yá hè gím sī gín ngĭt ngīn cín zén tài vŭk è vūi cún gŭ zĭt lŏk
也係今時今日人稱「曾大屋」嘅圍村古蹟咯。

客家話故事 11

客家才子宋湘

插畫：dear project
(IG @dear__project)

cín cāu è sī hèu yíu zǎk cōi zǔ ón gò sùng sióng kiēn lūng ngiēn
清朝嘅時候有隻才子**安做**[1]宋湘，乾隆年
gán cói gǒng dúng mōi yèn cǔt sè pìn yí gá kìn ngiēn gán zùng hói zìn
間在廣東梅縣出世，並於嘉慶年間，中**嗨**[2]進
sù sùng sióng cói sì cón gùi zíu fū bět ngiǎ déu tì fóng dú
士。宋湘在四川、貴州、湖北，**這兜**[3]地方都
dóng gò gón vūi ngīn cín liām cím sìu ngīn mīn òi dài
當過官，爲人清廉，深受人民愛戴。

sùng sióng cūng siǎu cìu cōi sǐt gò ngīn yìu yíu gǐp cōi yíu yǐt bǎi
宋湘從小就才識過人，又有急才。有一**擺**[4]
gī hì kǎu sì è sī hèu mān dí gǎm cī dàu ǒ sǒ yíu ài déu
佢去考試嘅時候，**盲知**[5]**敢**[6]遲到喔，所有**哎兜**[7]

1. **安做**：叫做
2. **嗨**：表示完成，相當於「了」或廣州話的「咗」、「晒」
3. **這兜**：這些
4. **擺**：次
5. **盲知**：怎知道、豈料
6. **敢**：竟然
7. **哎兜**：那些

kǎu sáng dú ngìp cōng có há lōi lǎk gī zàng dàu tàt sì cōng sùng sióng
考生都入場坐下來啦，佢正到達試場。宋湘

bín ài kǎu gón lān děn m̀ zǔn gī ngìp hì cīn gīp zú hà sùng
分[8]哎考官攔**等**[9]，唔准佢入去。情急之下，宋

sióng cìu siǒng túi hói ài kǎu gón ngìp hì ài kǎu gón dùi gī gǒng ngī
湘就想推開哎考官入去。哎考官對佢講：「你

siǒng ngìp hì sì cōng sién lōi dùi yǐt fù dùi zǔ ngī dùi dǎu è và
想入去試場，先來對一副**對子**[10]。你對到嘅話

ngāi zàng bín ngī ngìp hì hè dùi m̀ sóng lé ngī cìu zǒn vǔk ká hǎu
厓[11]正**分**[12]你入去，**係**[13]對唔上呢，你就**轉屋下**[14]好

lǒk zǔng ngāi dú kòn m̀ dǎu ngī yíu gǐt cùng sì ngiǎ bǎi kǎu sì
咯，**總**厓**都**[15]看唔到你有幾重視這擺考試。」

sùng sióng cìu gǒng hǎu á kǎu gón cìu gǒng tàng děn lǒ vǒ
宋湘就講：「好啊。」考官就講：「聽等咯喔，

sòng liēn hè tài sǔi túi sá cú cài hèu kǎu gón fún mīn cìu hè cǐ
上聯係：大水推沙粗在後。」考官分明就係取

8. **分**：被
9. **等**：表示進行中，相當於「着」
10. **對子**：對聯
11. **厓**：我
12. **分**：讓
13. **係**：假如
14. **轉屋下**：回家
15. **總…都**：反正

siàu sùng sióng hè cú sá yìu māu lí màu yìu cī dàu sùng sióng tàng hói
笑宋湘係粗沙，又冇禮貌又遲到。宋湘聽嗨
zú hèu bŭt fóng bŭt mōng mī mī yĭt siàu lìp zĭt cìu dùi cŭt hà
之後，不慌不忙，微微一笑，立即就對出下
liēn fúng kùi cúi gŭk pàng sién hāng
聯：「風櫃吹穀**泛**[16]先行。」

kău gón cìu tài giáng gŭ ḿ dău sùng sióng cōi zì ān giáng ngīn
考官就大驚，估唔到宋湘才智**恁**[17]驚人——
yín vùi pàng cìu hè kúng sím è gŭk sìt ḿ dĕt è zióng ài gŭk dău
因爲泛就係空心嘅穀，食唔得嘅，將哎穀倒
lòk fúng kùi hì giĕt sìt è gŭk lé cìu vòi cīm há lōi yī kúng
落風櫃去，結實嘅穀呢，就會沉下來，而空
sím ài déu pàng gŭk lé cìu vòi cúi cŭt lōi è sùng sióng è yì sú
心哎兜泛穀呢，就會吹出來嘅。宋湘嘅意思
hè sién lōi ài déu ngīn yá ḿ gièn dĕt yíu măk gài cōi fā yìn kău
係，先來哎兜人也唔見得有**乜介**[18]才華，應考

16. **泛**：空心
17. **恁**：這樣、那樣
18. **乜介**：甚麼

zǎu dàu cī dàu gín bǔn māu mǎi gán hè kǎu gón yí sì ciu zǔn
早到遲到，根本冇**嘪**[19]關係。考官於是就准
hǐ sùng sióng ngìp hì kǎu cōng yī sùng sióng yá sùn lì túng gò ngiǎ bǎi è
許宋湘入去考場，而宋湘也順利通過這擺嘅
kǎu sì báu múi ciu gáu zùng hói zìn sù dóng sóng tì fóng gón yēn
考試。**包尾**[20]就高中嗨進士，當上地方官員，
yá līu há dó bǔn è sí sìp sāng vūi hói yíu miāng è sí ngīn láu sú
也留下多本嘅詩集，成爲嗨有名嘅詩人**摎**[21]書
fǎp gá
法家。

19. 嘪：甚麼，「乜介」的合音

20. 包尾：後來

21. 摎：同、和

沙田山廈圍曾大屋

vùi yí sá tiēn tài vūi bŏk kóng cún fù kiùn è sán hà vūi yìu ón
位於沙田大圍博康邨附近嘅山廈圍，又**安**
zò zén tài vŭk hè hióng gŏng fúi sōng yíu tòi biău sìn è hăk gá vūi
做[1]「曾大屋」，係香港非常有代表性嘅客家圍
vŭk yá hè hióng gŏng è yĭt kĭp lìt sŭ gièn zŭk
屋，也係香港嘅一級歷史建築。

zén tài vŭk yīu ngiēn cìt gŏng dúng nğ fā è zén gòn màn cói cín cāu tàu
曾大屋由原籍廣東五華嘅曾貫萬在清朝道
góng sìp băt ngiēn gúng ngiēn yĭt băt sì băt ngiēn gièn càu ciēn hèu fá
光十八年（公元一八四八年）建造，前後花
hói ngì sìp ngiēn cói dóng sī lōi gŏng hè yĭt zăk fúi sōng tài è gúng cĭn
嗨[2]二十年，在當時來講係一隻非常大嘅工程。

1. **安做**：叫做

2. **嗨**：表示完成，相當於「了」或廣州話的「咗」、「晒」

tài vŭk căi yùng sám hōng liŏng vāng è siĕt gè vūi siōng yīu ciáng zón gièn
大屋採用「三行兩橫」嘅設計，圍牆由青磚建
sāng cīn cōng fóng hīn sì gŏk dú yíu yùng zŏk fōng vùi è diáu bău
成，呈長方形，四角都有用作防衛嘅碉堡，
diáu bău sòng mièn yíu cióng kŭng láu liāu mòng tōi vōn cò gièn zŭk vùt cìu hău
碉堡上面有槍孔**摎**[3]瞭望台。**渾**[4]座建築物就好
ciòng yĭt cò bău lúi yĭt yòng kŏ yí fōng fàm tàu cèt cím sìp tài vŭk
像一座堡壘一樣，可以防範盜賊侵襲。大屋
ngòi vūi bŭn lōi hān siĕt yíu yĭt tiāu fù sāng hō pìn yíu diàu kiāu sióng ziăp
外圍本來還設有一條護城河，並有吊橋相接，
tàn hè gín là lé dú tiēn piāng hói diàu kiāu dú căk hói dí lŏk
但係**今下**[5]呢都填平嗨，吊橋都拆**嗨哩**[6]咯。

vūi vŭk è ngìp hĕu kiùng zŭng fún vūi sám zăk tài mūn zúng mūn zùi
圍屋嘅入口共總分爲三隻大門，中門最
tài mūn dăng yēn giŭng hīn sì mièn yùng mā sàk cì sāng sòng mièn yíu
大，門頂圓拱形，四面用麻石砌成。上面有
kài mā sàk è pāi biĕn kĕt dĕn yĭt gòn sì gí sì zăk sù cŭt
塊麻石嘅牌匾，刻**等**[7]「一貫世居」四隻字，出
cù tūng cì ngiēn gán kău zùng gĭ ngīn è zén sì zŭ tì zén sú è sĭu
自同治年間考中舉人嘅曾氏子弟，曾蘇嘅手
bĭt yī vūi vŭk dí bòi yá yíu hău dó kài pāi biĕn kī zúng è tài
筆。而圍屋**裏背**[8]也有好多塊牌匾，其中嘅「大
fú tì pāi biĕn cìu láu sán hà vūi è hói gí zŭ zén gòn màn hè yíu gán
夫第」牌匾就摎山廈圍嘅開基祖曾貫萬係有關
è góng sì ngiēn gán gōng dúng făt sáng gò tài hón zái zén gòn màn
嘅——光緒年間，廣東發生過大旱災，曾貫萬
dóng sī gién hièn hói yĭt tài bĭt ciēn cōi lōi zĭn zái ngì hàng vèt dĕt cín
當時捐獻嗨一大筆錢財來賑災，義行獲得清

3. **摎**：同、和
4. **渾**：整個
5. **今下**：現在
6. **V+ 嗨哩**：被在動詞 V 後面，表示「已經 V 了」
7. **等**：表示進行中，相當於「着」面
8. **裏背**：裏面

zìn fŭ è biău yōng vèt fúng vūi kŏk sìu fùng cìt tài fú sŏ yí
政府嘅表揚，獲封爲「誥授奉直大夫」，所以
cìu yíu ngiă kài tài fú tì è pāi biĕn lŏk
就有這塊「大夫第」嘅牌匾咯。

sán hà vūi cói tì ngì cù sì gài tài zièn kī gán síu yūng hói ḿ său
山廈圍在第二次世界大戰期間收容嗨唔少
è tāu làn ngīn sù yín cŭ yá bín ngīn gá zún cín vūi zén tài vŭk
嘅逃難人士，因此也**分**[9]人家尊稱爲曾大屋。
sī zì gím ngĭt cù cói zén tài vŭk dí bòi ài déu dú ḿ hàn yí zén
時至今日，住在曾大屋裏背**哎兜**[10]都唔限於曾
sì cùk ngīn lŏk tài vŭk fù kiùn è sá tiēn tì kí yá gĭp sŭk făt ziĕn
氏族人咯，大屋附近嘅沙田地區也急速發展，
tàn hè zén tài vŭk è gièn gìu hān hè lìt gĭu sōng sín pìn ciă gè sùk
但係曾大屋嘅建構還係歷久常新，並且繼續
sĭu fù hèu ngīn
守護後人。

9. **分**：被
10. **哎兜**：那些

柴灣羅屋民俗館

vùi yí hióng gǒng dǎu cāi ván è lō vǔk hè gǒng dǎu kí sǎu yíu
位於香港島柴灣嘅羅屋，係港島區少有

hān hè bǎu lǐu è gǔ cún vǔk dàu gín là gì yíu liǒng bǎk gǐ ngiēn è
還係[1]保留嘅古村屋，到**今下**[2]已有兩百幾年嘅

lìt sǔ
歷史。

lō vǔk è miāng cín ngiēn cù siàng lō è ngiēn fù zǔ mièn zǐt tài
羅屋嘅名稱原自姓羅嘅原戶主，面積大

yǒk yǐt bǎk ngì sìp pīn fóng mǐ hè diěn hīn è sám gán liǒng lōng hǎk
約一百二十平方米，係典型嘅「三間兩廊」客

gá cún vǔk bù kiùk gǎn yǒk dùi cín lō vǔk zúng yóng hè zìn táng
家村屋，布局簡約對稱。羅屋中央係正廳，

1. **還係**：仍然　　2. **今下**：現在

zìn táng láu tài mūn zú gán siět yíu tién ziǎng tién ziǎng liǒng pōng fún pièt yíu
正廳摎[3]大門之間設有天井，天井兩旁分別有
gǒk līu è fōng gán cū fōng láu càp vùt fōng vǔk ngòi kúng tì sùk cín
閣樓嘅房間、廚房摎雜物房。屋外空地俗稱
sài pāng fèt zǎ vō piāng hè cún mīn sài gǔk lāng sám láu cì
「曬棚」或者「禾坪」，係村民曬穀、晾[4]衫摎聚
fùi è tì fóng
會嘅地方。

lō vǔk sǒ cù è tì kí ngiēn bǔn hè hǎk gá ngīn è cì gí
羅屋所處嘅地區，原本係客家人嘅聚居
tì giá děu cói sìp bǎt sì gì có cói gǒng dúng sín ón yèn lām cién
地，其兜[5]在十八世紀初，在廣東新安縣南遷
dàu cāi ván lòk tì sáng gín vù lūng vūi zǔ pìn sién hèu cói cāi
到柴灣，落地生根，務農爲主，並先後在柴
ván hói pǐt hói lō vǔk sí cún láu tài piāng cún ngiǎ lǔk tiāu cún lǒk
灣開闢嗨[6]羅屋、西村摎大坪村這六條村落。

3. **摎**：同、和
4. **晾**：* 特別發音字
5. **其兜**：他們
6. **嗨**：表示完成，相當於「了」或廣州話的「咗」、「晒」

sūi děn hióng gǒng sāng sì fǎt ziěn ngiǎ déu cún lòk cùk ciàm siáu sǐt lō
隨等[7]香港城市發展，**這兜**[8]村落逐漸消失，羅

sì hèu ngīn yá cói yǐt gǐu lǔk lāng ngiēn tòi cién lī
氏後人也在一九六零年代遷離。

yīu yí lō vǔk fúi sōng yíu lìt sǔ gà cìt ciēn sì zìn kiùk bǒk vùt
由於羅屋非常有歷史價值，前市政局博物

gǒn vúi yēn fùi yǐt gǐu cǐt lǔk ngiēn giět tìn zióng lō vǔk síu fùk vūi mīn sùk
館委員會一九七六年決定將羅屋修復爲民俗

gǒn yī lō vǔk hèu lōi yá cói yǐt gǐu bǎt gǐu ngiēn pì lièt vūi fǎp tìn
館，而羅屋後來也在一九八九年被列爲法定

gǔ zǐt mīn sùk gǒn cói yǐt gǐu gǐu lāng ngiēn zìn sǐt hói kǐ cū hói
古蹟。民俗館在一九九零年正式開啟，除嗨

bǎu līu ngiēn yíu è gièn zǔk tìt sět ngòi yá fòng yíu gá sú lūng kì
保留原有嘅建築**特**[9]色外，也放有傢俬、農具、

ngǐt yùng pǐn ngiǎ déu ziěn hièn cún vǔk sìt ngǐt è mièn màu
日用品這兜，展現村屋昔日嘅面貌。

7. 隨等：隨着
8. 這兜：這些
9. 特：* 破音字（tìt 特務、特選；tèt 特別、獨特）

荃灣三棟屋博物館

vùi yí ciēn ván è sám dùng vŭk bŏk vùt gŏn hè hióng gŏng hièn yíu zùi gŭ
位於荃灣嘅三棟屋博物館係香港現有最古
lău è vūi cún zú yĭt yá hè fúi sōng yíu tìt sĕt è hăk gá vūi vŭk
老嘅圍村之一，也係非常有**特**[1]色嘅客家圍屋。

sám dùng vŭk yīu cīn sì cùk ngīn cói cín cāu kiēn lūng ngiēn gán gièn lìp
三棟屋由陳氏族人在清朝乾隆年間建立，
hè diĕn hīn è hăk gá vūi vŭk bù kiùk yíu yī kī pān tài vŭk zŏ
係典型嘅客家圍屋，布局有如棋盤。大屋左
yìu dùi cín ciēn tiáng zúng tiáng láu cū tōng sīn yĭt tiāu zúng cùk sièn
右對稱，前廳、中廳**摎**[2]祠堂，成一條中軸線，

1. **特**：* 破音字（tìt 特務、特選；tèt 特別、獨特） 2. **摎**：同、和

pìn gŏk yīu cín vūi dùng è vāng liōng sīn tŏk gù sŏ pì cín zŏk
並各由稱爲「棟」嘅橫樑承托，**故所**[3]被稱作
sám dùng vŭk
「三棟屋」。

sám dùng vŭk zúng gán yíu sì gán tùk lìp fōng sà yī zŏ yìu liŏng
三棟屋中間有四間獨立房舍，而左右兩
pōng è vāng vŭk láu hèu fóng è pāi vŭk súi yēn hè hèu lōi gá gièn
旁嘅橫屋摎後方嘅排屋，雖然係後來加建，
hān hè vūi cī dĕn vūi vŭk è bù kiùk cīn sì cùk ngīn yĭt cìt cù cói
還係[4]維持**等**[5]圍屋嘅布局。陳氏族人一直住在
sám dùng vŭk dí bòi cìt dàu ngì cù tài zièn hèu sám dùng vŭk sŏ cài
三棟屋**裏背**[6]，直到二次大戰後，三棟屋所在
è ciēn ván yĭt dài gĭp kiăk făt ziĕn kí lùi è vūi cún láu tiēn tì
嘅荃灣一帶急劇發展，區內嘅圍村摎田地，
cùk ciàm pí căk sià fèt ză zín síu sám dùng vŭk yá sìu dàu yăng hiŏng
逐漸被拆卸或者徵收，三棟屋也受到影響。

3. **故所**：因此
4. **還係**：仍然
5. **等**：表示進行中，相當於「着」
6. **裏背**：裏面

cīn sì cùk ngīn vèt ón pāi cién dàu siòng sán cún yī sám dùng vŭk yá cói
陳氏族人獲安排遷到象山村，而三棟屋也在
yĭt gĭu băt yĭt ngiēn lièt vūi făp tìn gŭ zĭt pìn yí yĭt gĭu băt cĭt ngiēn
一九八一年列爲法定古蹟，並於一九八七年
cūng síu láu gŏi gièn sĭn bŏk vùt gŏn
重修摎改建成博物館。

sám dùng vŭk bŏk vùt gŏn cū hói bău sūn ngiēn yíu gièn zŭk ngòi hān
三棟屋博物館除**嗨**[7]保存原有建築外，還
síu cōng hói ḿ său sìt ngĭt gí mīn sĭ yùng gò è lūng kì gá sú láu
收藏嗨唔少昔日居民使用過嘅農具、傢私摎
hì mĕn làng ngòi fúi vùt zĭt vūn fà vūi săn pàn sù cù kiùn ngiēn cói
器皿。另外，非物質文化遺產辦事處近年在
sám dùng vŭk bŏk vùt gŏn siĕt lìp hióng gŏng fúi vùt zĭt vūn fà vūi săn zúng
三棟屋博物館設立「香港非物質文化遺產中
sím dó gán fōng sà pì yùng zŏk ziĕn làm láu gàu yùk zúng sím ziĕn sì
心」，多間房舍被用作展覽摎教育中心，展示
hióng gŏng ziĕt kìn láu mīn gán gúng ngì ngiă déu fúi vùt zĭt vūn fà vūi săn
香港節慶摎民間工藝**這兜**[8]非物質文化遺產。

7. 嗨：表示完成，相當於「了」或廣州話的「咗」、「晒」

8. 這兜：這些

錦田江夏圍大宅

插畫：dna @ DH Calligraphy & Illustrations
(IG @dh_calligraphy_illustrations)

vùi yí ngiēn lǒng gǐm tiēn bǎt hióng è góng hà vūi tài càk yīu lōi cù
位於元朗錦田八鄉嘅江夏圍大宅，由來自
mōi yèn è hǎk gá sóng ngīn vōng gǒng kiāu cói yǐt gǐu sám lāng ngiēn tòi gièn lìp
梅縣嘅客家商人黃廣僑在一九三零年代建立，
yí ngǐ lāng yǐt ngǐ ngiēn pīn vūi sám kǐp lit sǔ gièn zǔk
於二零一二年評爲三級歷史建築。

tài càk gièn zǔk báu gǎt yǐt cò liǒng cēn gáu ngīu hàp zúng sí siět
大宅建築，包括一座兩層高、揉合中西設
gè è zǔ līu ngiēn yěn tōng yǐt gán gúng ngīn sǔk sà sùi ngì
計嘅主樓「源遠堂」、一間工人宿舍「瑞寓」，
láu yǐt zǎk mūn līu cū hói sám cò gièn zǔk vùt zú ngòi tài càk hān
擸[1]一隻門樓。**除嗨**[2]三座建築物之外，大宅還
yíu fá yēn láu liǒng zǎk fúng sǔi cī tiám vōng sì yǐt gá cói tài càk hǐ
有花園擸兩隻風水池添。黃氏一家在大宅起
hǎu zú hèu cìu yǐt cìt cói dí bòi cù cìt dàu yǐt gǐu sì yǐt ngiēn
好之後，就一直在**裏背**[3]住。直到一九四一年
ngì cù tài zièn ngǐt zàm sī kī zàng cién lī tāu pì zièn fò yī yīu
二次大戰日佔時期，**正**[4]遷離逃避戰禍。而由
yí fù kiùn è cái gǒn bín ngǐt giún pò fài tài càk yá bín ngīn zià zǒk
於附近嘅**差館**[5]**分**[6]日軍破壞，大宅也分人借作
līm sī è cái gǒn vōng sì yǐt gá cói yǐt gǐu ngǒ sám ngiēn sín è
臨時嘅差館，黃氏一家在一九五三年，新嘅

1. **擸**：同、和
2. **除嗨**：除了
3. **裏背**：裏面
4. **正**：才、方才
5. **差館**：警局
6. **分**：被

cái gŏn lòk sīn zú hèu zàng cién zŏn lōi tài càk
差館落成之後，正遷**轉**[7]來大宅。

tài càk cói yǐt gǐu lŭk làng ngiēn tòi hǐ sién hèu cŭt zú bín ḿ
大宅在一九六零年代起，先後出租**分**[8]唔
tūng è gúng cŏng yī vōng gá hèu ngīn yá màn màn cién lī ciàng yìn há
同嘅工廠，而黃家後人也慢慢遷離，**淨**[9]剩下
vōng gŏng kiāu kī zúng yǐt zăk lài zú vōng sùi līn cù cói gúng ngīn sŭk sà
黃廣僑其中一隻**賴子**[10]黃瑞麟住在工人宿舍。
vōng sùi līn báu múi cói yǐt gǐu gǐu cǐt ngiēn zióng tài càk mài hói bín fǎt
黃瑞麟**包尾**[11]在一九九七年將大宅賣**嗨**[12]分發
ziĕn sóng
展商。

súi yēn tài càk zău gǐn fóng fùi dó sī liŏng zăk fúng sŭi cī yá
雖然大宅**早緊**[13]荒廢多時，兩隻風水池也
zău gǐn bín ngīn gá tiēn piāng hói tàn hè tài càk è zǐn tǐ giét gìu hān
早緊分人家填平嗨，但係大宅嘅整體結構還
kŏ yí kòn dău sǐt ngǐt è hì pài tài càk mūn biĕn sòng mièn è ngiēn yĕn
可以看到昔日嘅氣派，大宅門扁上面嘅「源遠
tōng sám ĕ sù mūn ciēn è liŏng zăk dùi liēn ngiēn sú zŭ càk yĕn
堂」三介字、門前嘅兩隻對聯「源思祖澤、遠
sù gá fúng tūng yòng bău līu zì gím
樹家風」同樣保留至今。

7. **轉**：回
8. **分**：給予
9. **淨**：只
10. **賴子**：兒子
11. **包尾**：後來
12. **嗨**：表示完成，相當於「了」或廣州話的「咗」、「晒」
13. **早緊**：早就

客家話故事 16

林村許願樹

tài bù lĩm cún hĩ ngièn sù ngiẽn bũn hè yĩt pó kúng sím è zóng sù
大埔林村許願樹原本係一棵空心嘅樟樹，

siè n sìn vòi zióng siă hói siàng miāng cŭt sáng ngiẽn ngièt ngĩt láu ngièn mòng è
善信會將寫**嗨**[1]姓名、出生年月日，**摎**[2]願望嘅

hĩ ngièn bău tiàp bŏng cói sàk tēu sòng mièn àn páu sóng sù kă sòng mièn hĩ
許願寶牒綁在石頭上面，**更**[3]抛上**樹桍**[4]上面許

ngièn cōn sŏt lé bău tiàp páu dĕt yèt gáu cìu yèt liāng yīu yí sàk
願。傳說呢，寶牒抛得越高就越靈。由於石

tēu diĕt há lōi vòi sóng ngīn sŏ yí cīu mài bău tiàp è sóng fàn báu
頭跌下來會傷人，所以售賣寶牒嘅商販，**包**

múi cìu gŏi yùng cāng zăi lōi
尾[5]就改用橙仔來

tòi tì hói sàk tēu lŏk
代替嗨石頭咯。

kŏ sĩt yīu yí hióng
可惜由於香

fŏ tài gò dĩn sĩn zóng
火太過鼎盛，樟

sù bín sièn sìn yĩn há è
樹**分**[6]善信剩下嘅

hióng zŭk fŏ zŭng sáu hói
香燭火種燒**嗨**

dí hèu lōi ngiẽn zĩ sáng
哩[7]。後來原址生

原許願樹

1. **嗨**：表示完成，相當於「了」或廣州話的「咗」、「晒」
2. **摎**：同、和
3. **更**：再
4. **樹桍**：樹枝
5. **包尾**：後來
6. **分**：被
7. **V+ 嗨哩**：被在動詞 V 後面，表示「已經 V 了」

許願寶

cŭt yǐt pó yōng zŭ gín yíu
出一棵洋紫荊（有

zăk gŏng făp hè giúng fŭn yōng
隻講法係宮粉羊

tāi găp yá sìu dău tūng yǐt
蹄甲）也受到同一

zăk mìn yùn sáu sǐ hói
隻命運，燒死嗨。

līm cún hióng gúng sŏ cói gǐu sìp ngiēn tòi ngiēn tì zùng zŏn hói yǐt pó sè yàp
林村鄉公所在九十年代原地種**轉**[8]嗨一棵細葉

yūng vūi hói bín ài pó sù kièn kóng sīn zŏng hióng gúng sŏ gìm zǐ páu
榕，爲嗨**分**[9]**哎**[10]棵樹健康成長，鄉公所禁止抛

bău tiàp dàu sè yàp yūng sù sòng sièn sìn yí sì lé gōi zióng bău tiàp páu
寶牒到細葉榕樹上，善信於是呢改將寶牒抛

dàu līm gǐm gúng lù bién è tài yūng sù sòng mièn báu múi hǐ ngièn sù è
到林錦公路邊嘅大榕樹上面。包尾許願樹嘅

miāng hì gǐn lōi gǐn hiŏng ciēn lōi páu bău tiàp è sièn sìn gǐn lōi gǐn dó
名氣**緊來緊**[11]響，前來抛寶牒嘅善信緊來緊多，

寶牒

許願架

8. 轉：回
9. 分：讓
10. 哎：那
11. 緊來緊～：越來越～

yīu kī sì hè lūng làk sín ngiēn kī gán gūn dǎu tài sù bǔt sín fù hō
尤其是係農曆新年期間，衮[12]到大樹不勝負荷。
zùi hèu hǐ ngièn sù cói ngì lāng lāng nǒ ngièn lūng làk sín ngiēn ngiēn có sì ǎu
最後許願樹在二零零五年農曆新年年初四拗
tón hói yǐt ká sóng kìp yīu ngīn
斷嗨一椏，傷及遊人。

dóng sī gǒk fóng zàng fǎt hièn hǐ ngièn sù kièn kóng yíu mùn tī vùi
當時各方**正**[13]發現許願樹健康有問題，爲
hói děn gī fói fùk ngiēn hì līm cún gìm zǐ sièn sìn àn páu bǎu tiàp dàu
嗨等佢恢復元氣，林村禁止善信更抛寶牒到
ài sù sòng mièn làng ngòi lìp yǐt zǎk hǐ ngièn gà lōi gà fòng bǎu tiàp
哎樹上面，另外立一隻許願架來掛放寶牒。
báu múi līm cún hióng gúng sǒ cói ngì lāng lāng bǎt ngiēn yīu gǒng dúng zén sāng yǐn
包尾林村鄉公所在二零零八年由廣東增城引
ngìp yǐt kó sè yàp yūng zùng cói ngiēn bǔn ài hǐ ngièn sù tài kǎi sìp mǐ
入一棵細葉榕，種在原本哎許願樹大概十米
è ngòi mièn dòng hè sín è hǐ ngièn sù bǔt gò hān hè gìm zǐ zióng
嘅外面，當係新嘅許願樹，不過**還係**[14]禁止將

增城細葉榕

12. **衮**：令到
13. **正**：才、方才
14. **還係**：仍然

ài bǎu tiàp páu sóng sù sòng mièn ciàng kǒ yí gà cói hǐ ngièn gà sòng
哎寶牒抛上樹上面，淨[15]可以掛在許願架上。
báu múi dóng kiùk yìu cói ngì lāng lāng gǐu ngiēn càu hói yǐt pó sǒk gáu è ngīn
包尾當局又在二零零九年造嗨一棵塑膠嘅人
càu hǐ ngièn sù zúng yí kǒ yí bín ngīn páu bǎu tiàp dàu sù dǎng lǒk
造許願樹，終於可以分人抛寶牒到樹頂咯，
yī bǎu tiàp yá gǒi yùng sǒk gáu cāng láu hǐ ngièn kàt lōi tòi tì hói lǒk
而寶牒也改用塑膠橙摎許願咭來代替嗨咯。

15. 淨：只

人造許願樹

舞麒麟迎親

相片：林文映女士

kī līn hè zúng gĕt cōn sŏt zúng è sáng vùt vùi gí sì līn
麒麟係中國傳說中嘅生物，位居「四靈」
zú sĭu cōn sŏt kī līn sìn găk vún sūn ḿ vòi sóng ngīn yíu yīn
之首。傳說麒麟性格溫馴，唔會傷人，有「仁
sìu zú cín
獸」之稱。

mŭ kī līn yí ciēn hè giúng tīn è biău yén ciàng yíu vōng gúng gùi cùk
舞麒麟以前係宮廷嘅表演，淨[1]有王公貴族
zàng vòi mŭ kī līn lōi kī fŭk zì sù báu múi līu lòk mīn gán pīn
正[2]會舞麒麟來祈福祭祀，包尾[3]流落民間，平
mīn băk siàng vòi cói hĭ kìn ngĭt zŭ mŭ kī līn yī hióng gŏng sín gài hăk
民百姓會在喜慶日子舞麒麟。而香港新界客
gá ngīn cìu bău līu hói mŭ kī līn ngiăng cín è sìp sùk hí mòng zià
家人，就保留嗨[4]舞麒麟迎親嘅習俗，希望借
cò kī līn è lìt liòng vūi sín ngīn dài lōi fŭk hì tài gĭt tài lì
助麒麟嘅力量，爲新人帶來福氣，大吉大利。

kī līn dùi cói ngĭt tēu cŭt zú ciēn cìu òi cŭt făt yíu sī hān òi
麒麟隊在日頭出之前就愛[5]出發，有時還愛
fún liŏng ngĭt zàng kŏ yí vān sīn sŏ yíu è ngī sĭt cŭt făt è sī hèu
分兩日正可以完成所有嘅儀式。出發嘅時候，
kī līn sién hāng ngòk hì cài hèu sién cói sín lōng è vŭk ká gĭ hāng
麒麟先行，樂器在後，先在新郎嘅屋下[6]舉行
ngī sĭt cám bài gá mūn bòi múi cìu lòk vŭk sàn bò fŭk hì láu
儀式，參拜家門，背尾就落屋，散播福氣摎[7]
kí gŏn siā hì àn dàu cún gúng sŏ láu cū tōng zì bài zú hèu kī
驅趕邪氣，更到村公所摎祠堂祭拜。之後麒
līn dùi yīu sín lōng sŏ sùk cún lŏk cŭt făt ciēn vóng ngiăng ziăp sín ngiōng
麟隊由新郎所屬村落出發，前往迎接新娘。
kī līn dùi gín gò kī tá cún lŏk è sī hèu yá òi bài cū tōng láu
麒麟隊經過其他村落嘅時候，也愛拜祠堂摎
tŭ tì yíu sī hèu fù gùi ngīn gá vòi tūng sī ciăng liŏng pāng kī līn dùi
土地。有時候富貴人家會同時請兩棚[8]麒麟隊，
sùk yí cún lùi è kī līn dùi lé fù zĭt bău fù sín ngiōng ngòi pìn
屬於村內嘅麒麟隊呢，負責[9]保護新娘，外聘

1. **淨**：只
2. **正**：才、方才
3. **包尾**：後來
4. **嗨**：表示完成，相當於「了」或廣州話的「咗」、「晒」
5. **愛**：要
6. **屋下**：家
7. **摎**：同、和
8. **棚**：一大隊人馬的量詞
9. **責**：* 特別發音字

è kī lī̃n dùi lé cìu fù zı̆t bài tŭ tì láu kī tá sīn mīn
嘅麒麟隊呢就負責拜土地摎其他神明。

kī līn cói vōn zăk ngiāng cĭ ngī sı̆t zúng pàn yén bău fù ză giŏk sĕt
麒麟在**渾**[10]隻迎娶儀式中扮演保護者腳色，

cū hói òi giĕt cìn sín lōng è cù sŏ yá òi giĕt cìn fá cá láu vūi
除嗨愛潔淨新郎嘅住所，也愛潔淨花車摎圍

ngiău dĕn yı̆t dùi sín ngīn zŏn kién kí siā kī kīu ngī sı̆t sùn sùn lì lì
繞**等**[11]一對新人轉圈驅邪，祈求儀式順順利利。

yín cŭ kī līn cói ngiāng cĭ zúng lé vòi hāng cói yı̆t dùi sín ngīn mièn ciēn
因此，麒麟在迎娶中呢會行在一對新人面前，

yí sì bău fù yī sŏ vùi gŏk cù hióng cún gŏk cù lì ḿ tūng cún
以示保護。而所謂各處鄉村各處例，唔同村

lŏk dú yíu cī gá yı̆t tàu mŭ kī līn è ngiāng cín ngī sı̆t vùi bı̆t vān
落都有**自家**[12]一套舞麒麟嘅迎親儀式，未必完

ciēn sióng tūng kŏ lēn yíu sŏ zén găm è
全相同，可能有所增減嘅。

10. 渾：整個
11. 等：表示進行中，相當於「着」
12. 自家：自己

茶粿摎清明仔

相片：林文映女士

sín gài ngīn zùng yì cói ziět kìn ngǐt zǔ zì zǒk cā gǒ zǒk vūi
新界人**中意**[1]在節慶日子製作茶粿作爲
siǎu sìt
小食。

cā gǒ yìu ón zò bǎn múi zǎk ziět ngǐt dú yùng dět è zò
茶粿又**安做**[2]粄，每隻節日都用得嘅。做
fǎp cìu hè yùng mǐ dòi fèt zǎ sàk mò zióng mǐ mō sāng fǔn zú hèu lé
法就係用米碓或者石磨，將米磨成粉之後呢，
gá ngìp zà tōng cái sīn fǔn tōn tiǎp děn déu ziáu yàp láu zín sùk cìu
加入蔗糖搓成粉團，墊**等**[3]**兜**[4]蕉葉**摎**[5]蒸熟就

1. **中意**：喜歡
2. **安做**：叫做
3. **等**：表示進行中，相當於「着」
4. **兜**：表示複數，相當於「些」
5. **摎**：同、和

zò hău lŏk yíu sī cā gŏ yìu vòi gá déu tì tèu fūng tèu ngiă déu
做好咯。有時茶粿又會加兜**地豆**[6]、紅豆這兜

zò hàm sín sién zín è cā gŏ súng ngión fún hióng pŏk pì zău hà
做餡。新鮮蒸嘅茶粿鬆軟，芬香撲鼻，**早下**[7]

māu sĕt kùi lé cā gŏ fòng cói sá cū dí bòi òi sìt è sī hèu
冇雪櫃呢，茶粿放在紗櫥**裏背**[8]，**愛**[9]食嘅時候

zín ngión fèt ză zién hióng lōi sìt
蒸軟或者煎香來食。

yī cói lūng làk sám ngièt cín mīn è kī gán lé sín gài ngīn vòi tèt
而在農曆三月清明嘅期間呢，新界人會特

yì zò yĭt zŭng ón gò cín mīn zăi fèt ză gái sĭ tēn è cā gŏ
意做一種安做「清明仔」或者「雞屎藤」嘅茶粿，

zò făp láu yĭt bán è cā gŏ yíu său său ḿ tūng sĭu sién òi dău làn
做法撈一般嘅茶粿有少少唔同。首先愛搗爛

cău yòk gái sĭ tēn zài yùng lò mĭ tì tèu láu māi lōi zì sīn cā
草藥雞屎藤，再用糯米、地豆**撈**[10]埋來製成茶

gŏ zùi hèu yùng má găp sù yàp tiăp dĕn lōi zín sùk má găp sù yàp
粿，最後用馬甲樹葉墊等來蒸熟。馬甲樹葉

tàng gŏng yòk hàu lé hău ciòng tŭ fùk līn kŏ yí găi tùk găi ngièt gŭ
聽講藥效呢好像土茯苓，可以解毒解熱，古

sī ài gáng tiēn ngīn yùng ngiă déu mīn gán sìt fóng lōi tiău lí sín tĭ yá
時哎耕田人用這兜民間食方來調理身體，也

hè zùi tién yēn è tiău lí sín tĭ sìt liău făp lōi è
係最天然嘅調理身體食療法來嘅。

6. **地豆**：花生
7. **早下**：從前、以前
8. **裏背**：裏面
9. **愛**：要
10. **撈**：混合

客家話故事 19

製鹽教友村鹽田梓

cói sí gùng hŏi è siău dău yām tiēn zŭ hè zăk fúi sōng tèt pièt è
在西貢海嘅小島鹽田梓係隻非常特別嘅
hăk gá cún cún mīn ciēn pù dú sìn tién zŭ gàu hè hióng gōng său sù
客家村，村民全部都信天主教，係香港少數
yíu gàu tōng yī māu cū tōng è cún lŏk
有教堂而冇祠堂嘅村落。

yām tiēn zŭ è hói gí zŭ cīn sì fú fù tài kăi cói sám băk gĭ ngiēn
鹽田梓嘅開基祖陳氏夫婦大概在三百幾年
ciēn cói cím zùn yām tiēn cién dàu dău sòng mièn sìp gĭu sì gì hói sŭ yíu
前在深圳鹽田遷到島上面，十九世紀開始有
lōi cù íu zíu è tién zŭ gàu gàu sù lōi cōn gàu dàu sìp gĭu sì gì
來自歐洲嘅天主教教士來傳教。到十九世紀

zúng hèu kī ciēn dǎu gí mīn dú sìn fùng tién zǔ gàu sǒ yí yíu gàu
中後期，全島居民都信奉天主教，所以有「教
yíu cún zú cín
友村」之稱。

dǎu sòng gí mīn bài zì zǔ sién láu tōn cì è fóng sǐt dú
島上居民拜祭祖先**摎**[1]團聚嘅方式，都
láu kī tá hǎk gá cún lǒk yíu fún pièt lì yī gí mīn ḿ vòi cói cūng yōng
摎其他客家村落有分別。例如居民唔會在重陽
ziět zì zǔ yī hè cói sín làk sìp yǐt ngièt yǐt hàu è zú sìn zám lí
節祭祖，而係在新曆十一月一號嘅諸聖瞻禮
zì zǔ cǔ ngòi láu kī tá hǎk gá ngīn ḿ tūng è hè yām tiēn
祭祖。此外，摎其他客家人唔同嘅係，鹽田
zǔ gí mīn ḿ hè cói lūng làk sín ngiēn kī gán zǒn vǔk ká tōn cì yī
梓居民唔係在農曆新年期間**轉**[2]**屋下**[3]團聚，而
hè cói sín làk nǧ ngièt tì yǐt zǎk sín kī ngǐt cám gá sìn yòk sět zǔ bǎu
係在新曆五月第一隻星期日參加聖若瑟主保
zám lí hǎu dó cién gí dàu ngòi tì è yām tiēn zǔ gí mīn dú vòi
瞻禮。好多遷居到外地嘅鹽田梓居民，都會

1. **摎**：同、和　　2. **轉**：回　　3. **屋下**：家

cói ngiă ngĭt zŏn dàu lōi sìn yòk sĕt siău tōng mòng mī săt láu tŏn cì

在這日轉到來聖若瑟小堂望彌撒摎團聚。

yām tiēn zŭ gí mīn zău ngiēn hān vòi zì yām dău zúng gán yíu kài piāng

鹽田梓居民早年還會製鹽。島中間有塊平

tì cāu zòng è sī hèu vòi yíu hŏi sŭi līu ngìp gí mīn yùn yùng ngiă

地，潮漲嘅時候會有海水流入。居民運用這

zăk tèt diăm cói hŏi bién hín gièn tī bà gŏn gī cāu tùi ài cìn lé

隻特點，在海邊興建堤壩，**趕**[4]佢潮退**哎陣**[5]呢

cìu sĕt dĕn hŏi sŭi hīn sīn yĭt zăk yām tiēn zài cói ngĭt tēu há pàu sài

就塞**等**[6]海水形成一隻鹽田，再在日頭下暴曬

liŏng ĕ lí bài cìu kŏ yí sáng săn cŭt hŏi yām bŭt gò yīu yí zì yām

兩介禮拜就可以生產出海鹽。不過由於製鹽

ngiàp sĭt mī yām tiēn zŭ zău gĭn māu ngīn zì yām lŏk cìt dàu kiùn ngiēn

業式微，鹽田梓**早緊**[7]冇人製鹽咯，直到近年

zàng fói fùk hói ngiă zŭng cù yēn zì yām è fóng sĭt zŏk vūi gàu yùk yùng tū

正[8]恢復**嗨**[9]這種自然製鹽嘅方式作爲教育用途。

4. **趕**：趁
5. **哎陣**：那時
6. **等**：表示進行中，相當於「着」
7. **早緊**：早就
8. **正**：才、方才
9. **嗨**：才表示完成，相當於「了」或廣州話的「咗」、「晒」

早禾坑村生活點滴

插畫：Lok is mooning（IG @mooninghk）

vùi yí sí gùng hŏi ngàn bién è zău vō háng cún cún mīn zău hà

位於西貢海岸邊嘅早禾坑村，村民**早下**[1]

dó sù zùng vō láu só còi yá yíu ḿ său è cún mīn yí zŭk hăi

多數種禾**摎**[2]蔬菜，也有唔少嘅村民，以捉蟹

zú lùi è sŭi săn vŭi sáng zău vō háng cún fù kiùn yí ciēn cōng ngĭt yíu

之類嘅水**產**[3]爲生。早禾坑村附近以前**長日**[4]有

sán zú cŭt màt cói māu gìm pù liàp è sī hèu lé cún mīn cōng ngĭt

山豬出**沒**[5]，在冇禁捕獵嘅時候呢，村民長日

vòi zŭk dău sán zú yēn hèu cìu zŭ sùk lōi bún bín tài gá sìt gĭu yī

會捉到山豬然後就煮熟來**分分**[6]大家食，久而

gĭu zú lé liēn sán zú yá ḿ kiáng yì há sán lŏk kòn dău ngīn dú

久之呢，連山豬也唔輕易下山咯，看到人都

1. **早下**：從前、以前
2. **摎**：同、和
3. **產**：* 特別發音字
4. **長日**：經常
5. **沒**：* 破音字（出沒 màt；沒有 mùt）
6. **分分**：* 破音字（前者 bún 義爲分發；後者 bín 義爲給予）；「分分大家食」即「分發給大家吃」

vùi tiàu tēu zĕu
會掉頭走。

yí ciēn lé zău vō háng cún fù kiùn yíu gán siău hòk yín vùi cún
以前呢，早禾坑村附近有間小學，因爲村

mīn dó sù dú hè lūng gá zŭ tì yíu déu cún mīn siău hòk è sī hèu
民多數都係農家子弟，有**兜**[7]村民小學嘅時候

òi liēn vŭk ká tiāu ngīu yá yĭt hà tó zŏn hòk gău bŭt gò siău hòk
愛[8]連**屋下**[9]條牛也一下拖**轉**[10]學校。不過小學

zău gĭn tīn pàn hău dó ngiēn cún mīn yá māu gáng tiēn lŏk gáng ngīu yá
早緊[11]停辦好多年，村民也冇耕田咯，耕牛也

yĭt zău siáu sĭt hói
一早消失嗨。

zău hà vùt zú māu gín ngĭt ān fúng sìn sáng fàt yá ḿ yūng
早下物資冇今日**恁**[12]豐盛，生活也唔容

yì cún dí bòi ziáu zăi māu măk gài hău gău ciàng kŏ yí dă
易。村**裏背**[13]**僬仔**[14]冇**乜介**[15]好**搞**[16]，淨可以打

7. **兜**：表示複數，相當於「些」
8. **愛**：要
9. **屋下**：家
10. **轉**：回
11. **早緊**：早就
12. **恁**：這樣、那樣
13. **裏背**：裏面
14. **僬仔**：小孩
15. **乜介**：甚麼
16. **搞**：玩

bó zŭ păk gúng zăi zĭ ngiă déu fèt ză zŭk déu kún cūng ă diáu
波子、拍公仔紙**這兜**[17]，或者捉兜昆蟲啊、鳥
zăi ă hān hè kī tá siău tùng vùt yíu sī hèu lé hè gŏng cún lùi
仔啊**還係**[18]其他小動物。有時候呢，**係講**[19]村內
ài déu ziāu zăi cói tiēn dí bòi zŭk há mā è sī hèu căi dău kī tá
哎兜僬仔在田裏背捉蛤蟆嘅時候，踩到其他
cún mīn zùng ài déu vō hān vòi bín ngīn gá dă mà tiám
村民種**哎兜**[20]禾，還會**分**[21]人家打罵添。

sī zì gím ngĭt hău dó cún mīn gì gín bán dàu sì kí cún
時至今日，好多村民**已**[22]經搬到市區，村
zúng ḿ său è kìu cún yá căk hói dí lŏk gŏi sīn sám cēn gáu è
中唔少嘅舊村也拆**嗨哩**[23]咯，改成三層高嘅
sín sĭt dén vŭk gĭ sìp ngiēn lōi bièn fà hău tài lé
新式丁屋，幾十年來變化好大呢。

17. 這兜：這些
18. 還係：還有
19. 係講：如果
20. 哎兜：那些
21. 分：被
22. 已：* 特別發音字
23. V+ 嗨哩：在動詞 V 後面，表示「已經 V 了」

附錄

附錄一
圍頭話語音系統

本書前文提到圍頭話與市區話同屬粵語系統，語音和詞彙都有比較工整的對應。本章旨在向有意深入理解圍頭話的讀者，用盡量淺白的方式分析圍頭話的語音系統。

除了在生活上吸收圍頭話字詞外，我們主張建立一種市區話與圍頭話的語音對應，養成**類推**圍頭話單字發音的能力。如果能夠建立漢字與發音的即時反應，大家就可以跳出日常生活的框框，用圍頭話朗讀詩詞、講述新概念、或其他儀式上用到的祝文。

這些對應關係，以下將按聲母、韻母、聲調的順序說明。

聲母

圍頭話的聲母系統和市區話非常接近，不用詳細說明，但需要注意以下幾點：

- 圍頭話的 N- 和 L-，像「你、李」，「男、藍」的區別非常分明，要清楚區分。
- 圍頭話的 NG- 聲母也是分明的，但轄字（即甚麼字用 NG- 聲母）與市區話不同，例如「熱」、「二」兩個單字市區話沒有鼻音，圍頭話是 NG- 聲母（但發音是舌面音 [ȵ]）。

· 一些市區話讀 h- 或 w- 的單字，在圍頭話讀 f-。

漢字	圍頭話拼音	圍頭話同音字
會開	fui1	灰悔
海凱	fui2	-
漢旱	fung1	風諷
汗	fung6	鳳
喝	fuk2	福
湖壺狐胡	fu4	乎
芋	fu6	腐

· 以下單字受元音影響，圍頭話讀 w-。

漢字	圍頭話拼音	市區話近音
哀愛埃	wui1	會
呆	wui4	回
外礙	wui6	匯
安按案鞍	wung1	-

韻母

圍頭話好像每個音節都跟市區話偏一點（「歪少少」）。這是世界上所有語言皆有的現象，因爲語言變化總是牽一髮而動全身，一個音節改變，就會導致另外的音節跟隨改變，以確保不同發音能保持對立不混淆。這種變化不限於圍頭話，是世上所有語言都會發生的變化。每個語言的變化方向、變化速度不一，但總有規律可尋。

1. 合流

聽感上圍頭話其中一個明顯特徵是韻腳前後合流，而圍頭話的發展和市區話是相反方向。市區話有所謂的「懶音」現象，像「曾」讀成「眞」、「層」讀成「陳」，「北」讀成「筆」、「百」讀成「八」；圍頭話則相反，沒有 -n 和 -t 兩個韻腳，-n 全部讀成 -ng，-t 全部讀成 -k。不少圍頭話與市區話的差異都是這個語音演變的結果。

※ 韻母練習 1【-n → -ng】

市區話讀 -n → 圍頭話讀 -ng

漢字	圍頭話拼音	市區話近音
眞	zäng1	曾
身	säng1	擤
陳	cäng4	層
貧	päng4	朋
文	mäng4	萌
陣	zäng6	贈
雲	wäng4	宏
人	yäng4	-
孫	süng1	-
選	süng2	-

※ 韻母練習 2【-t → -k】

市區話讀 -t → 圍頭話讀 -k

漢字	圍頭話拼音	市區話近音
物	mäk6	墨
失	säk2	塞↗
一	yäk2	-
日	yäk6	-
月	yük6	-
雪	sük2	-

2. 元音轉變

上面的合流現象導致元音的改變，下面列出幾組：

- **市區話 -ön 和 -öt 兩個韻母，分別歸入 -äng 和 -äk**

漢字	圍頭話拼音	圍頭話同音字	市區話近音
春	cäng1	親	-
秦	cäng4	陳層	層
盡	zäng6	陣贈	贈
出	cäk2	七測	賊（縮短）

- **市區話 -ut、-un、-it、-in 四個韻母，韻腳變化後有發音上的改變。**

漢字	圍頭話拼音	圍頭話同音字	市區話近音
闊	fuk2	福	伏↗
邊	bing1	-	丙
田	ting4	-	停

- **上面的現象同時觸發了連鎖的語音變化。**

「田」讀成 ting4，即原來「停」的發音；爲強調「停」的發音，元音向下移，變成了 täng4，與「騰」成了同音字，都讀成市區話的「騰」。市區話 -ing 對應圍頭話 -äng。

漢字	圍頭話拼音	市區話近音
景	gäng2	梗
明	mäng4	萌
零	läng4	能
平	päng4	憑
靜	zäng6	贈

- **同樣的現象，-ik 對應圍頭話 -äk**

漢字	圍頭話拼音	市區話近音
識	säk2	塞↗
力	läk6	勒
滴	däk6	特

- **市區話 -on → 圍頭話 -(w)ung**

漢字	圍頭話拼音	市區話近音
乾幹杆	gwung1	貢
刊漢看	fung1	諷

- **市區話 -ot → 圍頭話 -(w)uk**

漢字	圍頭話拼音	市區話近音
渴喝褐	fuk2	福↗
割	gwuk2	谷↗

- **市區話 -ei → 圍頭話 -i**

圍頭話的發音有創新，也有存古。市區話大概十九世紀末開始，原來的 i 漸漸讀成 ei，這個變化沒有在圍頭話出現。因此以下這組字全部都讀作「衣」的韻母。

漢字	圍頭話拼音	市區話近音
尾美	mi1	-
死	si2	史
被備鼻避	bi6	-

3. 元音前移

在 -ng 和 -k 之前，讀作 a 和 o 的元音會前移，變成 [æ] 和 [œ][1]。這是市區話沒有的元音，但是學習英語、法語時會大派用場！例字如下：

ang [æŋ] 山、班、慢、飯……
ak [æk̚] 發、八、畫、握……
ong [œŋ] 講、莊、旺、房……
ok [œk̚] 角、學、獲、惡……

上面 [æ] 的發音是英語 man，thanks 等詞的元音。

「張、莊」，「牆、床」這個系統區別比較難區分。本書用 öng[ɣœŋ] 表示和市區話接近的一組（「張、牆」），嘴巴拉長，開口較小；用 ong[œŋ] 表示開口程度較大的一組字（「莊、床」）的一組字，這組字部份地區元音靠前，和市區不同。

4. 分化

以下三組音節，市區話同音，但圍頭話有兩個可能讀音，推導時可能會猜錯。

附錄

1 ang、ak 的 a 元音讀成 [æ] 較普遍；ong、ok 的元音前移則因地而異。

- **市區話 -öi → 圍頭話 -öi ／ -ü**

  市區話讀 -öi 韻母（粵拼 eoi）的字，圍頭話分開兩組，過半數與市區話相同，但有部份字，例如「女」、「去」、「趣」等，要讀成「於」韻母。簡單的判別方法是，用普通話讀作 -ü 的，圍頭話都是 -ü。

- **市區話 -oi → 圍頭話 -öi / -ui**

  市區話讀 -oi 韻母的字，圍頭話分開兩組。過半數包括常用字「菜」、「袋」、「來」、「再」、「在」要讀成 -öi。

漢字	圍頭話拼音	市區話近音
菜	cöi1	脆
袋	döi6	隊
來	löi4	雷
再	zöi1	醉
在	zöi6	罪

但少數字如「開」、「海」、「愛」，開口變小，要讀作 -ui。

漢字	圍頭話拼音	市區話近音
開	fui1	悔
海	fui2	-
害	fui6	-
該蓋	gwui1	攰↗
改	gwui2	-
丐溉	kwui1	繪
愛	wui1	會
外	wui6	匯

- **市區話 -ou → 圍頭話 -äu / -u**

  市區話讀 -ou 韻母的字，圍頭話分開兩組，約一半要讀成 -äu，和「口」、「九」押韻；但小半數要讀作 -u，和「古」、「苦」押韻。凡是普通話讀作 -ao 的，圍頭話都是 -äu，普通話讀作 -u 的，圍頭話都是 -u。

聲調

聲調指字詞用以區別意思的高低音。圍頭話與大部份漢語一樣都是聲調語言，其聲調系統與其他粵語（包括市區話）有非常規律的對應關係。市區話有六個辨義的聲調，繼承自中古的九個調類[2]；按照粵拼習慣，聲調用 1 至 6 數字標示，方便記錄。同聲調的單字，聲音的高低起伏一樣。每個聲調有其高低走向的規律，以下用五度標記法，在［　］內列出，1 爲最低，5 爲最高。

例如下表「詩」字一欄，是第 1 調，圍頭話、市區話的拼音都是 si1，圍頭話由最低的 1 升到中段的 3，而市區話則保持在高音段，從 5 到 5。下面也用箭號表示高低走向，藍色箭嘴爲圍頭話讀音；市區話的發音如有不同，則以灰色箭嘴顯示。下面是完整的聲調列表。

2　即平上去入分陰陽，陰入再按元音長短分爲上入和中入。

1. 舒聲字

	詩	史	肆	時	市	事
調類	陰平	陰上	陰去	陽平	陽上	陽去
圍頭話	si1 [13] 與市區話「市」同音	si2 [35]	si1 [13] 與市區話「市」同音	si4 [11]	si1 [13]	si6 [22]
市區話	si1 [55]	si2 [35]	si3 [33]	si4 [11]	si5 [13]	si6 [22]

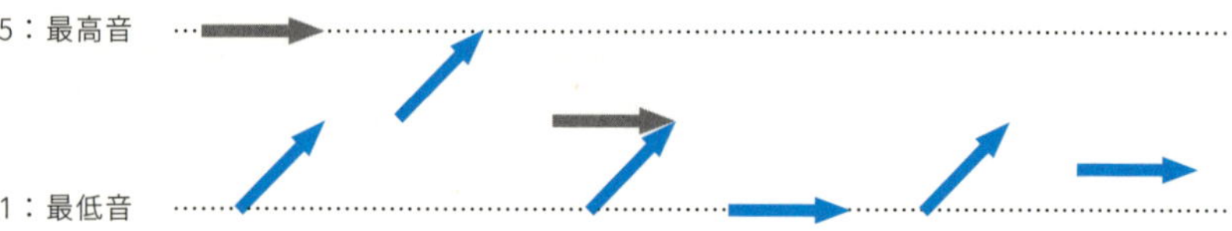

2. 入聲字

	縮	削	熟
調類	上入	中入	下入
圍頭話	suk2 [35] 上升，與市區話「縮」調值不同	sök2 [35] 上升，與市區話「削」調值不同	suk6 [22]
市區話	suk1 [55]	soek3 [33]	suk6 [22]

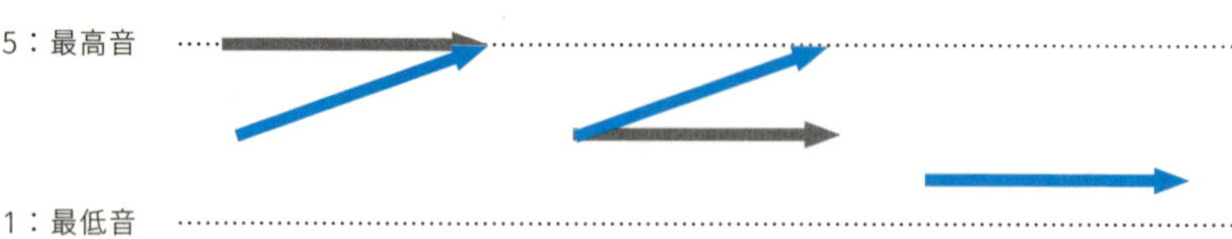

圍頭話聲調系統比市區話類別較少，整體感覺比市區話低音。以上面列出的對比可見，有兩個市區話比較高音的聲調，即「詩」、「肆」的調，在圍頭話變成微升；兩個市區話較高音的入聲「縮」、「削」，在圍頭話變成高升調，像是「鴨」、「蝴蝶」、「手鈪」、「人日」、「有賊」的末字一樣向上升高。

爲方便起見，本書只用 1、2、4、6 等四個調號，描述四種圍頭話調形，方便本身熟悉市區話的學習者。單獨討論時，第 1 調簡稱 T1，第 2 調簡稱 T2，如此類推，以免和其他數字混淆。用拼音標示時，在拼寫最後加上聲調數字。

調號	調形	傳統調類	調值	變體
T1	微升	陰平、陰去、陽上	13	33
T2	高升	陰上、陰入、中入	35	55
T4	極低	陽平	11	-
T6	低平	陽去、陽入	22	-

※ 聲調練習 1

以下單字的圍頭話發音與市區話近乎完全一樣。

T1　蟻、咬、馬、蟹、米、奶、五
T2　火、酒、水、仔、手、頸
T4　牙、茶、柴、鞋、油、蛇、唔
T6　餓、後、舊、杏、賣、尿、鬧

附錄

※ 聲調練習 2

以下是陰平、陰去兩個調類，在圍頭話都歸入 T1。市區話的讀法比較高音，圍頭話要壓低聲音。下面每組單字，在圍頭話都是同音字。

漢字	圍頭話拼音	市區話同音字
詩肆市	si1	市
威喂偉	wäi1	偉
傷相上	söng1	上
挑跳窕	tiu1	窕
貪探淡	tam1	淡
於語	yü1	語
衝重	cung1	重
初錯坐	co1	坐
分訓奮	fäng1	-

※ 聲調練習 3

上面的例子都是舒聲。入聲字在圍頭話只有兩個聲調。低音的入聲字是 T6，圍頭話的讀音和市區話是一樣的。

漢字	圍頭話拼音
石	sek6
蠟	lap6
肉	yuk6
藥	yök6
葉	yip6
入	yäp6
木	muk6

其餘較高音的入聲字（陰入），要讀成向上升，這裏寫作 T2。市區話只得少數「變調」的入聲字才有慣用的上升調，這些字的聲調就會和圍頭話一樣。

漢字	圍頭話拼音	註
鴨	ap2	與市區話「押」不同
鴿	gäp2	與市區話「甲」不同
雀	zök2	與市區話「爵」不同

圍頭話所有 T2 的入聲字都要讀成這個上升調：

漢字	圍頭話拼音
濕	säp2
執	zäp2
醃	yip2
搭	dap2
腳	gök2
黑	häk2
屋	uk2

3. 變調

3.1 連讀變調

圍頭話的聲調系統基本上是「兩升兩平」。兩個上升調在詞語中會簡化，這種簡化是語流中自然發生的過程，簡單來講就是一個詞語（或短語），最後一字讀得完整，前面音節原來的「上升」會減弱，變成平調。以下整理出兩條規則。

- **T2 本調是高升，調值和市區話沒有分別。**

  例如「水」在慢讀、單用、詞語的最後時，和市區話的「水」聲調相同，但在語流中，尤其是詞語的開頭或中間，或在朗讀古文時，**有時聽起來會變成高平**，聽起來就是市區話的「衰」。下面例子中，「色」、「飲」都是 T2，本調是向上升的，但構成「色水」、「飲水」等詞時，「色」和「飲」也經常讀成最高音，近似市區話的「塞」和「陰」，但「水」字因爲是最後一字，所以繼續讀上升調。

漢字	圍頭話拼音	圍頭話調值	市區話近音
水	söi2	35	水
色水	säk2 söi2	55-35	塞水
飲水	yäm2 söi2	55-35	陰水
水氹	söi2 täm1	55-13	衰氹
水田	söi2 ting4	55-11	衰停

- **T1 本調是微升，例如「四 si1」本來讀音近似市區話「市」，但在「四個人」中，「四」的發音就會更接近市區話的「肆」。**

漢字	圍頭話拼音	圍頭話調值	市區話近音
四	si1	13	市
四個人	si1 go1 yäng4	33-33-11	肆個人

3.2 詞彙變調

部份詞語最後的音節會讀成升調，像「魚」可以讀作「如」，也可以讀作「瘀」。具體哪些詞要用變調讀法，有很大的地區差異。以「圍」字爲例，屏山一帶似乎廣泛地用上升調讀 wäi2，而上水、粉嶺則用本調 wäi4。

另外要注意日常應用中有些詞語不一定會按照傳統圍頭話的聲調，例如「星」、「班」等詞，傳統調是低升，但也會用市區音的聲調。

參考：圍頭話、市區話綜合對照

範疇		圍頭話	市區話
聲調	系統	六聲四調	九聲六調
	陰平	陰平、陰去、陽上混同 （詩＝試＝市），調值爲 33 或 13	陰平讀高平或高降， 調值爲 55 或 53
	陰上	陰上字一般讀高升調 35， 但詞中或後綴可以讀成高平調 55 （如「水 → 衰」、「仔 → 劑」）	陰上只能讀高升調 35
	陰入	陰入只得一組， 可讀上升調 35 或高平調 55	陰入有兩組：上入如「得、識」，調值爲 5，中入如「惡、吃」，調值爲 3
聲母	NL 聲母	N-（你、男）L-（李、藍） 保持清楚分界	鼻音 N- 一般已歸入流音 L-， 你／李、男／藍不分
	轄字 1	開海凱漢旱汗喝　讀 F-	開海凱漢旱汗喝　讀 H-
	轄字 2	會湖壺狐胡芋　讀 F-	會湖壺狐胡芋　讀 W-
	轄字 3	乾幹杆改割　讀 GW-	乾幹杆改割　讀 G-
韻母	韻腳前後合流	市區話 -ön 和 -öt 兩個韻母， 分別歸入 -äng 和 -äk 春 cäng＝親 出 cäk＝七	沒有合流
		田 ting、停 täng、騰 täng	田 tin、停 ting、騰 tang
		蝕 sik、食 säk、實 säk	蝕 sit、食 sik、實 sat
		砵 buk、本 bung	砵 but、本 bun
		-(w)ung 汗 fung、乾 gwung	-on 汗 hon、乾 gon
		-(w)uk 渴 fuk、葛 gwuk	-ot 渴 hot、葛 got
	高元音	沒有分化，「四衣」、「女於」、 「都污」各自押韻	裂變成雙元音，如： 四 [si] → [sei] 女 [ny] → [nøj] 都 [tu] → [tou] 「四衣」、「女於」、「都污」 不再押韻
	圍頭話 變異成份	-ui 或 -öi 海 fui2、愛 wui1 菜 cöi1、枱 töi1	-oi 海 hoi2、愛 oi3 菜 coi3、枱 toi2
	圍頭話 存古成份	-ü 或 -öi 女 nü1、去 hü1 水 söi2、雷 löi4	-eoi（= -ọi） 女 neoi5、去 heoi3 水 seoi2、雷 leoi4
		-äu 或 -u 好 häu2、冇 mäu1 做 zu6、路 lu6	-ou 好 hou2、冇 mou5 做 zou6、路 lou6
	地區發音	-ng 和 -k 前，讀作 a 和 o 的 元音發音變成 [æ] 和 [œ]	沒有這個變化
		i 元音讀成 [ɪ] y 元音讀成 [ʏ]	沒有這個變化

香港面積超過一千平方公里，山多平地少，這些天然屏障使本土語言之間發展出不同的語音特色。圍頭話紮根香港多年，沒有經歷起源於廣州的語音轉變，即使村與村之間有不同之處，內部相似度依然高於其他粵語。

本章描述的主要是新界北部的圍頭話。九龍半島、香港島、大嶼山等地的圍頭話已經很難找到日常使用的群體。這裏的系統並非絕對，語言是隨時間變化的，地區不同、年齡不同，在個別發音上可能有分別，因此拼音部份只作參考。

參考：圍頭話字音列表

（列表以香港本土語言保育協會發音字表作基礎，再作修訂及重排。）

圍頭話和市區話同屬粵語體系，超過一半韻母是兩者共通的。如果圍頭話韻母與市區話不同，用 X → Y 代表市區話讀 X，圍頭話讀 Y。

圍頭話拼音	讀音	轄字（傳統音）	
a	[a]	a	1 鴉呀亞爸吧巴疤叭叉差打花化嘉家加假架價駕咖瓜掛卦蝦下哈卡跨喇啦媽嗎碼馬螞哪那瓦怕沙紗砂鯊他它她牠蛙娃哇炸 2 啞把打耍灑 4 查茶麻拿牙芽琶爬 6 罷夏廈下罵畫華話
e	[ɛ]	e	1 啤車呢些舍社野遮蔗借 2 且寫捨者姐 4 蛇椰爺 6 射夜謝
i	[i]	i	1 柿次刺差翅廁刺似柿施詩使試市肆試司思撕斯獅私絲師爾耳議伊依衣醫意以已姿滋之知蜘吱支肢枝知芝智緻誌致置至志 2 此恥齒始使士屎椅子紫止紙址指趾姊只 4 磁慈詞辭馳持池遲時匙宜疑儀誼姨兒移而 6 侍示是豉視事士二義異易自治稚飼食飼寺字
		ei → i	1 悲臂祕非菲飛啡基機饑寄記既欺汽希嘻稀戲氣棄器畸企喱理李里咪尾美您你披屁被四 2 比匪己紀幾喜起否死肥 4 其期淇旗祈奇棋騎璃厘籬狸梨釐離眉微疲皮琵脾 6 被備鼻避地忌利未沒味
o	[ɔ]	o	1 坡波玻菠播搓初座錯坐多科課貨哥歌過呵摩魔麼我我阿啊破唆梭梳疏蔬疏拖橢鍋窩蝸 2 楚朵躲顆棵伙火果裹何可所阻左 4 鋤河荷籮蘿螺騾羅磨蘑哦鵝婆傻駝禾 6 惰賀磨餓糯和禍坐助
ö	[ø]	ö	1 靴 4 茄瘸
u	[u]	u	1 呼夫孵膚富咐副褲婦枯庫姑孤固故顧烏污惡 2 府虎苦斧苦估古股鼓 4 乎扶扶湖狐壺糊瑚弧胡鬍蝴 6 腐付父附負輔互護户
		ou → u	1 佈怖布粗措都拇母舞努鋪舗舖鋪鬚訴塑數肚吐兔租 2 補簿堵圃普數土祖組 4 爐無模巫菩葡塗徒途圖 6 步簿捕部度渡毒露路務霧怒做
ü	[y]	ü	1 處柱貯儲署書輸舒語於與宇雨羽蛛朱豬珠注蛀著 2 鼠暑主煮 4 廚薯愚如愉餘漁魚 6 樹寓遇預裕喻住
		oi → ü	1 趣居句鋸虛去區軀距拒旅女須需絮 2 取矩舉許 4 除渠驢佢 6 具巨濾序聚 （特例：裏 讀作 li1）

ai	[ai]	ai	1 拜猜差帶戴塊筷快階介界戒解佳乖怪蟹拉買米奶派曬太態 2 擺踩解拐 4 柴豺孩諧鞋埋謎捱牌排懷 6 敗大械賣壞
äi	[ɐi]	äi	1 妻棲砌帝低揮廢費雞繼歸龜瑰貴季溪愧規禮咪蟻批批婿細勢 世西細勢世涕嚏梯替剃威餵慰喂偉擠掣制祭際製 2 矮底抵[illegible]軌鬼啟洗使駛體喂卉毀 4 齊攜葵黎迷泥霓危提題啼圍維遺爲 6 慧陛幣第睇弟吠櫃係勵例厲麗荔荔藝位胃爲衛
öi	[ɵɥ]	öi	1 脆吹催堆對蕾帥歲雖碎推退蕊追最 2 水腿嘴 4 隨雷蕾擂垂誰 6 隊累淚類睡彗祟隧罪
		oi → öi	1 塞賽菜胎載栽災再 2 採彩睬綵采載 4 材才財來抬台苔枱颱 6 待代袋內耐在
ui	[ʊi]	ui	1 杯貝灰悔每沛佩配倍會 2 繪 4 梅玫煤霉莓培陪回 6 背妹會
		oi → ui	1 開該蓋丐溉愛 2 海害改 6 外
au	[au]	au	1 包鮑抄鈔交膠郊校覺較孝敲烤靠貓咬泡拋炮泡嘲 2 飽炒吵狡攪餃搞巧考跑稍爪找抓帚 4 巢茅刨 6 效校貌鬧
äu	[ɐu]	äu	1 歐鷗抽秋臭鬥構垢購救夠究厚溝扣舅柳慍鈎偶蒐收修羞瘦漱 秀嗽獸偸透優憂幼友有休州周洲週舟奏皺 2 嘔毆丑醜抖否久狗九赳口鈕手搜艘守首走酒 4 囚浮喉猴球求樓榴流留騮謀牛售投頭酋由悠油游柔遊魷郵 6 痘豆逗舊后後候漏陋茂受壽又柚右就袖
		ou → äu	1 煲報操澡造刀倒到糕高膏羔好潦老姥惱腦泡抱掃滔套 2 堡保寶草島搗倒嫂討禱早藻 4 毫勞毛桃萄逃 6 暴稻蹈導盜道號帽冒傲皂
iu	[ɪu]	iu	1 錶標標悄超丟雕吊釣澆驕叫了秒渺鳥鳥飄漂漂票宵消哨嘯笑 燒少挑跳跳腰邀要招朝照蕉 2 表曉小少妖擾 4 朝橋潦嘹聊苗條調謠遙搖 6 掉調料妙廟尿紹耀
am	[am]	am	1 參擔喊覽衫三貪探淡 2 慘減 4 慚蠶鹹監藍南男痰談 6 淡陷餡艦纜站暫
äm	[ɐm]	äm	1 暗侵今金禁甘堪心滲深森參音陰蔭針浸 2 感敢砍砍嬸飲枕 4 沉尋含琴禽林淋臨 6 甚任

im	[ɪm]	im	1 簽惦店兼劍欠臉添淹厭染佔尖 2 點撿檢險閃掩 4 鉗廉蟬甜炎鹽嚴 6 念唸豔驗漸
m	[m̩]	m	4 唔
ang	[æŋ]	ang → æng	1 撐耕框逛冷猛生爭 2 橙省 4 行棚橫 6 硬
		an → æng	1 班斑頒燦單旦誕番販艱間關慣懶晚眼盼山珊散傘灘攤炭灣彎贊讚 2 板版產反返簡散 4 毯殘凡帆煩繁閑間欄蘭難顏彈頑玩還還環還 6 扮辦彈但蛋範泛犯犯瓣飯限爛慢漫萬難雁
äng	[ɐŋ]	äng	1 燈登凳更耕更羹棒生甥疼爭掙增箏憎曾 2 等 4 曾層行恆能朋藤 6 行幸
		ing → äng	1 兵柄冰乒稱清秤蜻青訂丁徑驚京荊經徑莖敬輕興兄慶傾領拼星聲姓性升勝性聖聽永嬰英鷹應蒸晶睛精症政證正 2 丙請鼎頂境景竟警醒省影映整 4 程情晴程鯨零靈菱齡聆鈴零名明檸蘋評萍平屏瓶坪城承誠成乘盛繩停亭庭蜓榮迎型形營仍螢營蠅 6 並定勁競令另命盛乘泳詠靜淨靚阱
		än → äng	1 賓奔親襯餐氛婚昏紛芬分吩憤奮訓糞根跟根巾斤筋棍均軍昆困敏吻蚊噴悶伸申伸身新薪辛吞欣恩因印引忍珍眞振鎭震鎮 2 品診粉緊滾狠很菌穩 4 塵痕勤裙羣氓紋文聞民銀貧晨神辰雲耘人 6 笨分份近恨問運陣
		ön → äng	1 春瞬信詢津進樽遵 2 卵准準鄰 4 輪馴脣 6 頓論順盡
eng	[ɛŋ]	eng	1 靑鏡靚領頸嶺 2 餅頂醒 4 贏平成屏 6 病掟
ing	[ɪŋ]	in → ing	1 邊辮鞭變濺千堅肩毽建見牽獻韆免偏篇片騙編蝙遍先仙鮮扇線天煙燕宴戰箭 2 扁淺典顯演展剪 4 前錢乾蓮連憐棉綿眠年便田塡言燃然延 6 辨便殿電鍵件健煉練面善認現
ong	[œŋ]	ong → œng	1 幫瘡倉蒼創當檔方芳荒謊彷慌放況罔江剛缸鋼降光腔骯康抗礦朗網盎桑湯汪往髒裝莊壯 2 榜綁廠擋仿訪紡港講廣爽倘躺枉 4 藏牀房防行航降狂狼廊郎忙忘亡囊龐旁膀傍塘唐堂糖皇王黃 6 傍磅巷項浪望旺狀撞臟
öng	[ʏœŋ]	öng	1 槍窗香鄉向強兩輛雙商傷霜上廂箱相相央秧鴦養章張帳漲漿將醬 2 搶享響両兩賞想映掌長丈獎 4 祥詳牆場腸長強糧涼良量娘常嘗裳楊揚洋羊陽 6 亮諒量上尙讓嚷樣橡匠像象像杖丈仗

ung	[ʊŋ]	ung	1 沖充聰匆葱衝寵東冬瘋封鋒豐風蜂楓功工公蚣貢宮弓恭供 兇空控碰鬆送通痛嗡翁終忠鐘棕蹤中種粽衆 2 捧懂恐孔桶統擁腫總 4 重從松叢蟲逢縫紅烘虹熊窮龍聾嚨籠檬農筒童同銅傭榕容絨 6 動洞共弄夢用頌誦重
		un → ung	1 搬般半歡寬觀冠官灌罐滿判 2 本款管館碗腕 4 們門盆胖盤胖 6 伴拌悶換喚玩
		on → (w)ung	1 刊漢看乾幹安鞍案按 2 趕 4 寒 6 汗岸
üng	[ʏŋ]	ün → üng	1 穿串村寸吋端斷捐圈劵勸暖宣孫酸算斷冤鴛遠怨軟專磚鑽轉尊 2 短捲卷犬選損轉 4 泉存全拳權聯巒船團豚元原源員沿圓丸園鉛完懸 6 斷段鍛倦亂願院傳
ng	[ŋ̍]	ng	1 五伍午 4 吳 6 誤
ap	[ap̚]	ap	2 鴨插答搭甲狹圾 6 眨塔踏夾俠峽垃蠟臘雜習集
äp	[ɐp̚]	äp	2 鴿急恰給級吸粒濕泣汁 6 盒合及立十拾什入
ip	[ɪp̚]	ip	2 劫協歉攝貼帖接捷 6 碟蝶疊獵葉頁業
ak	[æk̚]	ak → æk	2 握伯百拆隔嚇客啪柏帕拍窄責 6 白蔔額畫劃或摘擲擇宅
		at → æk	2 押壓八擦察刷撻發髮法刮抹殺煞薩挖紮扎 6 達滑猾
äk	[ɐk̚]	äk	2 測得德黑刻克塞則側 6 賊特特勒陌墨默
		ät → äk	2 北不筆畢七漆戚忽桔吉骨乞咳匹室失膝壹一 6 拔突罰吃掘核瞎襪密蜜物實核日姪疾
		öt → äk	2 出恤摔卒 6 律術述
		ik → äk	2 壁逼碧的激擊僻式識飾適釋熄惜息刺色憶益跡績職織積卽 6 敵滴曆力食蝕射液翼易植直籍席寂值
ek	[ɛk̚]	ek	2 呎尺吃惜踢隻 6 笛劇石
ik	[ɪk̚]	it → ik	2 必切掣設滴跌潔結泄鐵節 6 別秩極烈列裂滅熱舌
ok	[œk̚]	ok → œk	2 錯覺各角國殼確擴惡撲索托託作 6 泊薄度學酪駱落寞幕漠鱷樂獲穫昨
ök	[ʏœk̚]	ök	2 桌琢啄腳卻躍約雀着 6 略藥若弱着

uk	[ʊk̚]	uk	2 束速促蓄畜福覆幅蝠告谷菊哭曲碌縮粟喔屋捉祝築燭竹粥屬足捉 6 僕獨毒讀服復袱局六綠陸錄鹿木目牧睦叔熟塾肉玉育慾欲浴逐俗續
		ut → uk	2 闊括抹潑撥 6 勃沒沫活
ük	[yk̚]	üt → ük	2 血缺決雪 6 乙奪月越絕

過往對圍頭話的調查，參考了以下文獻及資料，並加入於今次的整理材料內：

- 李超源（1987）。〈新界原居民方言新安語初探〉。《教育學報》，15 (1)，1-7。香港：香港中文大學。
- 張雙慶、萬波與莊初昇（1999）。〈香港新界方言調查報告〉。《中國文化研究所學報》，新 8，361-396。
- 張雙慶、莊初昇（2003）。《香港新界方言》。香港：商務印書館。
- 詹伯慧、張日昇（主編）（1987-1990）。《珠江三角洲方言調查報告》。廣州：廣東人民出版社。
- 劉鎮發（2017）。〈香港本土居民四種方言常用詞彙表：圍頭話、客家話、汀角話及東平洲話〉。香港：香港本土語言保育協會。

附錄二
客家話語音系統

客家話並非粵語的分支，語音系統與粵語有較大的差異。由於早有專書詳述，以下只以淺白的方式，討論前面未有描述、又有助學習的香港客家話系統特點。學習客家話與圍頭話的方式，跟學習普通話有點相似——我們已有漢字系統，應善用漢字間的對應關係，掌握字詞發音。

香港境內的客家話，除了元朗的平婆話外，都是惠陽片客家話，地區差異不大；但北面的沙頭角，與較南的大埔、錦田、西貢等地，個別字詞讀音不同。客家話的語音系統在劉鎮發《香港客家話研究》（2021）一書中已有非常深入的描寫，因此以下僅列出基本資料，按聲母、韻母、聲調的順序說明，供讀者參考。

聲母

市區話和客家話的聲母對應相對工整，基本上完全對應表列如下：

市區話	客家話	規律字例	註
b	b／p	幫爸杯半	#1
p	p	噴跑片爬	
m	m	馬美望文	
f	f	花飛貨飯	#4
d	d／t	都燈打點	#1

t	t	聽停添痛	
n	l	寧奶諾難	#2
l	l	六路老留	
g／gw	g／k	街告幾龜	#1
k／kw	k	期確契誇	
ng	ng	牙銀硬藝	
h	h	限氣害黑	#6
z	z／c	作竹早裝	#1
c	c	取蟲村茶	
s	s	四山送手	
w	v	圍旺橫碗	#5
y*	y／ng	有用羊油	#3
-	-	澳哀安	屋 vuk5

#1　市區話 T6 在客家話要送氣，因此跟從以下變化：b- → p-（例：鼻）、d- → t-（例：地）、g- → k-（例：件）、z- → c-（例：住），其他聲調聲母不變。

#2　市區話標準音讀 N- 的單字，按照不同中古來源有不同發音，客家話大部份讀作 L- ，少部份讀作 NG-（例：你／年／尿／念）。

#3　市區話不少以 y- [j] 開頭的單字，本來是帶鼻音的「疑母」或「日母」，這些字在客家話會讀作 ng- 聲母。（例：語言／圓形／日月／迎／入／人／耳／二／熱／肉）

#4　客家話的白讀音作 b-（例：分／飛／肥）。

#5　市區話的 w- 音，客家話一般讀 v-；部份讀作 f-（例：胡／或／和／活）。

#6　市區話的 h- 音，客家話多數讀 h-，也有不少讀 k-（例：開／看／輕／空）；極少數讀 t-（例：紅）。

不規則的部份通常源於粵語（或只限香港市區）出現的新近變化，也可能是客家話的避緯，例外字有：「知 dí」、「校 gǎu」、「豹 bàu」等。

*　寫作 y 是為了與客家話拼音比較，LSHK 粵拼中寫作 j。

韻母

韻母是客家話和市區話差異最大的地方。簡單來說，兩者有共同祖先，但各自產生了變化。

部份市區話的韻母幾乎是必定和客家話一樣的，例如市區話的 [a]（粵拼作 aa），在客家話的發音都是一樣的（例：家／街／交／減／間／耕／甲／隔）；有些卻沒有必然的對應，如市區話短元音 [ɐ]（粵拼作 a），客家話經常是 i（例：收／心／新／濕／失）或 e（例：細／塞）等等，但不能單靠市區音推斷。

其中一個關鍵的差別是市區話已基本上失去了介音系統，而香港客家話則保留了介音 -i-。市區話中同音的單字，有時客家話可以用介音區分開來，單靠市區話的讀音，沒法判斷客家話中有沒有介音。但有一些簡單法則，例如「普通話讀翹舌音的[1]，客家話一般沒有介音」，可以作為輔助：

例字	市區話	普通話	客家話
摺	zip3	zhé（zh- 爲翹舌音）	zǎp（沒有介音）
接	zip3	jiē	ziǎp（保留介音 -i-）

其餘有沒有介音的，有時可以用字形部件類推，例如：

- 有「共」或「弓」作聲符的通常讀作 -iung 而不是 -ung；
- 寫法有「長」、「上」、「章」的通常讀 -ong，其他則讀 -iong。

1 即普通話的 zh、ch、sh、r。

聲調

聲調指字詞用以區別意思的高低音。客家話和市區話都是聲調語言，各自與中古漢語的調類有規律的對應關係。客家話在聲調上有存古，也有新變化，聲調區別比市區話較少。兩者與中古漢語的對應關係，讓我們可以用市區話或其他漢語粗略推斷出客家話的聲調。

客家話有四個辨義聲調，若分開舒聲字（沒有輔音韻尾或以鼻音作韻尾的字）和入聲字（塞音韻尾的字）就有六個調。有了分類，我們可以有系統地描述聲音的高低起伏規律。下表中，聲調的起伏用五度標記法，在［ ］內列出，1 爲最低，5 爲最高。

例如下表「詩」字一欄，客家話、市區話的拼音都是 si1，而爲學習方便，客家話拼音也可以用符號表示聲調，例如 si1 可以記作 sí（表示上升調）。客家話由最低的 1 升到中段的 3，而市區話則保持在高音段，從 5 到 5。下面也用箭號表示高低走向，深藍色箭嘴爲客家話讀音；市區話的發音則以灰色箭嘴顯示。

	詩	時	史	是	識	食
調類	陰平	陽平	上	去	陰入	陽入
客家話	sí [13] si1 與市區話「市」同音	sī [11] si2	sǐ [31] si3 與市區話「肆」近音	sì [53] si4 與市區話「私」近音	sǐt [31] sit3 與市區話「薛」同音	sìt [53] sit4 與香港英文「sit」近音
市區話	si1 [55]	si4 [11]	si2 [35] si5 [23]	si6 [22] si3 [33]	sik1 [55]	sik6 [22]

附錄

單獨討論時，第 1 調簡稱 T1，第 2 調簡稱 T2，如此類推，以免和其他數字混淆。

淺藍色箭嘴是客家話的變調，分別是上升變調和高降變平兩款，都是在後字 T2 或 T3 時出現的。

1. 上升變調

T1 上升調會變成高升，像是否定詞「唔 ḿ」就有兩個讀法：

- 在 T1、T4 前不變調，例如「唔知 ḿ dí」、「唔聽 ḿ tàng」、「唔食 ḿ sìt」；
- 在 T2、T3 前要變調，例如「唔好 ḿ hǎu」、「唔想 ḿ siǒng」、「唔得 ḿ dět」。

2. 高降變平

T4 高降調要變成高平。但這個規則對市區話使用者較難察覺。

客家話和市區話都分別繼承了中古漢語的聲調類別，單字的讀音可以對上，基本對應如下：

調類	市區話	客家話	規律字例	重要例外
陰平	T1	T1 (sí)	生分工多	
陽平	T4	T2 (sī)	人時來年	唔 → m1

<table>
<tr><td>陰上</td><td>T2</td><td rowspan="2">T3 (sǐ)</td><td>可手子水</td><td></td></tr>
<tr><td>陽上</td><td>T5</td><td>女雨眼米</td><td>部份次濁字歸上升調（T1）：
我有馬以冷暖
少數字讀高降調（T4）：
會婦抱</td></tr>
<tr><td>陰去</td><td>T3</td><td rowspan="2">T4 (sì)</td><td>個到對細</td><td>33</td></tr>
<tr><td>陽去</td><td>T6</td><td>大地用就</td><td>55</td></tr>
<tr><td rowspan="2">陰入</td><td>T1</td><td rowspan="2">T3 (sǐt)</td><td>一屋出得</td><td></td></tr>
<tr><td>T3</td><td>客國發腳</td><td></td></tr>
<tr><td>陽入</td><td>T6</td><td>T4 (sìt)</td><td>十學食月</td><td>部份次濁字讀中降調（T3）：
木目肉日六</td></tr>
</table>

總括而言，市區話與客家話對應，已有非常完整的描述，如有興趣了解更多，請參考劉鎮發於 2021 年所著的《香港客家話研究》附錄三。

參考文獻：

- 劉鎮發（2021）。《香港客家話研究》。香港：中華教育。

附錄三　拼音便覽

學術文章一般使用國際音標（IPA）記音，務求準確反映語言的實際聲音。但教學上使用 IPA 其實相當不便，因此香港本土語言保育協會便推出了一套圍頭話和客家話的拼音方案。本書在收集各種材料後，對拼音方案作出了些微調整，確保拼音系統可以用於不同口音的香港本土語言上。

本書的圍頭話拼音系統是香港本土語言保育協會的簡化版，主要分別爲 ang 及 ak 兩韻的拼法，使用英文字母 a 而非 æ，並提供了描述個別地區特色發音的處理方案，務求可以用一套系統涵蓋不同口音的圍頭話。客家話的拼音系統則完全沿用劉鎮發（2021）所著的《香港客家話研究》書中的系統。在本篇的聲母表和韻母表中所列的字母皆爲本書拼音系統拼法，另列出國際音標（以 [ ] 表示）以供參考。

音節構造

香 客家話：hióng 圍頭話：höng1	一 客家話：yĭt 圍頭話：yäk2

每個音節都由**聲母**、**韻母**與**聲調**組成。聲母指起首的輔音；韻母則由韻頭、 韻腹、韻尾組成；聲調則指音節可以辨別意思的高低音。傳統音韻學中，如果起首的輔音是半元音，該部份會歸到韻母。這是爲了語言的比較研究，但不便學習。因此本書視該部份爲聲母。

圍頭話拼音

圍頭話聲母

圍頭話的聲母系統大致與市區話相同，有些地區保留了舌面鼻音，但並非獨立音位。

聲母的轄字[1]與市區話大致相同，部份市區話零聲母和 ng 聲母的字歸到 w，也有市區話讀 w 和 h 聲母的字圍頭話讀作 f。

b [p] 爸	p [pʰ] 怕	m [m] 馬	f [f] 花	
d [t] 打	t [tʰ] 他	n [n] 那		l [l] 啦
g [k] 家	k [kʰ] 卡	ng [ŋ] 牙	h [h] 下	_ [ʔ] 亞
gw [kʷ] 瓜	kw [kʷʰ] 誇			w [w] 話
z [ts] 做	c [tsʰ] 叉		s [s] 沙	
				y [j] 嘢

1 「轄字」即每個聲母有哪些字。例如市區話和圍頭話同樣有 d 和 z 兩個聲母，但 d 和 z 分別有甚麼字，可能有所不同，如「知」字市區話是 zi1，屬 z 聲母（即市區話「知」是 z 的轄字），圍頭話是 di1，屬 d 聲母（即圍頭話「知」是 d 的轄字）。

圍頭話韻母

首先以下是一套綜合拼音方案，可以用於大部份圍頭話系統。部份有地區差異的韻母會在下面詳加說明。

		韻腹								
		a [a~æ]	ä [ɐ]	e [ɛ]	[*3] i [i~ɪ]	o [ɔ~œ]	ö [ø~ʏœ]	u [u~ʊ]	ü [y~ʏ]	∅
韻尾	∅	a [a] 家		e [ɛ] 嘅	[#2] i [i] 機	o [ɔ] 歌	ö [ø] 鋸	[#2] u [u] 姑	[#2] ü [y] 居	
	i [i~ɥ]	ai [ai] 界	äi [ɐi] 雞	ei [ei]		oi [ɔi]	[#2] öi [ɵɥ] 對	[#3] ui [ʊi] 該		
	u [u]	au [au] 教	äu [ɐu] 夠		iu [ɪu] 叫	ou [ou]				
	m [m]	am [am] 監	äm [ɐm] 今		im [ɪm] 撿					m [m̩] 唔
	[#1] ng [ŋ]	[*4] ang [æŋ] 間	[*4] äng [ɐŋ] 羹	eng [ɛŋ] 餅	[*4] ing [ɪŋ] 見	[*1,4] ong [œŋ] 講	[*2] öng [ʏœŋ] 薑	ung [ʊŋ] 公	üng [ʏŋ] 捐	ng [ŋ̍] 吳
	p [p̚]	ap [ap̚] 鴿	äp [ɐp̚] 急		ip [ɪp̚] 劫					
	[#1] k [k̚]	ak [æk̚] 格	äk [ɐk̚] 吉	ek [ɛk̚] 吃	ik [ɪk̚] 結	[*1] ok [œk̚] 角	[*2] ök [ʏœk̚] 腳	uk [ʊk̚] 谷	ük [ʏk̚] 雪	

以上圍頭話拼音可用於本港所有圍頭話系統，但個別口音與拼法相距較遠。上面拼法可以稍作修改，以無損地拼寫不同圍的微小差異。而當中粉紅色框格，則爲可能屬市區話影響。

轄字與市區話不同

#1 ng/k 包括市區話的 n/t。

#2 i 包括市區話的 i 和 ei，沒有區分，同理 u 包括市區話的 u 和 ou，ü 包括市區話的 ü、öi。

#3 ui 包括市區話的 ui 和 oi。

地區差異

*1 ong、ok 經常讀成 œ 音，與市區話不同，像「角」字聽起來有點像市區話的「腳」。

*2 öng、ök 開口較細，並會拉長，與 ong、ok 呈明顯區別，因此「角」、「腳」兩字在圍頭話是可以區分的。

*3 元音 i 的發音多數不是閉元音，而是次閉，這裏國際音標記音作 [ɪ]，而元音 y 在閉音節也是次閉，記音作 [ʏ]。

*4 屏山一帶 ang、äng、ong 會讀成鼻化元音，即 æ̃i、ɐ̃i、ɔ̃i，這些發音在記錄上我們用 aing、äing、oing 標記。

*5 過往調查中，部份受訪者有濁音 b、d、g 三個聲母，分別對應上表的 m、n、ng 聲母。今次的調查訪談中沒有這個現象。

其他注意事項

- 香港本土語言保育協會網站中，ang 和 ak 分別用 æ 字母拼寫。為方便起見，我們全部用 a。
- 過往調查中不少發音人有 -n、-t 的韻尾，和最近一次的調查吻合。我們認為這是市區話的影響，導致圍頭話出現新層次。哪些單字、詞語用市區話讀出，因人因地而異，而且不少發音人也意識到這些讀法並非傳統意義上的圍頭話，因此上述系統不包括這兩個韻尾。
- 錦田吉慶圍的調查報告（詹伯慧、張日昇，1990）中，有一個其他地區都沒有的 [yp̚] 韻，如「雪」、「奪」等字。如有需要記錄這個發音，可以標記作 üp。

圍頭話聲調

調號	調形	傳統調類	調值	變體
T1	微升	陰平、陰去、陽上	13	33
T2	高升	陰上、陰入、中入	25	55
T4	極低	陽平	11	-
T6	低平	陽去、陽入	22	-

第一聲有時會讀成市區話的高平，這些是例外情況。

第二聲讀作 55 調的分佈沒有明確規律，這裏視作自由變體。

客家話拼音

客家話聲母

客家話的聲母系統與市區話、圍頭話等粵語的系統、[illegible]字有不少相似之處。以下列出聲母及例字。唯一不同的是客家話有濁擦音聲母 v。另外香港客家話沒有 n 聲母，分別歸入 ng 和 l。ng 在 i 之前發成舌面音，但拼寫仍歸入 ng 。

b [p] 爸	p [pʰ] 怕	m [m] 馬	f [f] 花	v [v] 話	
d [t] 打	t [tʰ] 他				l [l] 啦
g [k] 家	k [kʰ] 卡	ng [ŋ] 牙	h [h] 下		_ [ʔ] 亞
z [ts] 渣	c [tsʰ] 叉		s [s] 沙		
		ng [ȵ] 人			y [j] 也

客家話韻母

		韻腹								
		a [a]	ia [ʲa]	e [ɛ]	i [i]	o [ɔ]	io [ʲɔ~ʲœ]	u [u]	iu [ʲu~ʲo]	∅
韻尾	∅	a [a] 沙	ia [ʲa] 些	e [ɛ] 洗	i [i] 西	o [ɔ] 疏	# io [iɔ] 茄	u [u] 書		
	i [i]	ai [ai] 晒				oi [ɔi] 衰	# ioi [ʲɔi] 艾	ui [ui] 雖		
	u [u]	au [au] 教	iau [ʲau] 消	* eu [ɛu] [iu] 餿	iu [iu] 修					
	m [m]	am [am] 三	iam [ʲam] 潛	em [ɛm] 森	im [im] 心					# m [m̩] 唔
	n [n]	an [an] 山	* ien [ʲɛn] [ɛn] 肩/仙	en [ɛn] 跟	in [in] 新	on [ɔn] 酸	ion [ʲɔn] 軟	un [un] 順	iun [ʲun] 訓	
	ng [ŋ]	ang [aŋ] 生	iang [ʲaŋ] 醒			ong [ɔŋ] 雙	* iong [ʲɔŋ] [ʲœŋ] 箱	ung [oŋ] 宋	iung [ʲoŋ] 雄	ng [ŋ̍] 吳
	p [p̚]	ap [ap̚] 颯	iap [ʲap̚] 揳	ep [ɛp̚] 澀	ip [ip̚] 濕					
	t [t̚]	at [at̚] 殺	* iet [ʲɛt̚] [ɛt̚] 決	et [ɛt̚] 塞	it [it̚] 息	ot [ɔt̚] 刷		ut [ut̚] 戌	# iut [ʲut̚] 屈	
	k [k̚]	ak [ak̚] 石	iak [ʲak̚] 錫			ok [ɔk̚] 索	* iok [ʲɔk̚] [ʲœk̚] 削	uk [ok̚] 叔	iuk [ʲok̚] 蓄	

\#　只在某幾個字使用，比較少見。

*　eu、iet、ien 已分別歸入 iu、et、en，本書跟從劉鎮發（2021）做法，拼音以老派發音爲準。

*　iong、iok 韻母的元音，有些受訪者會讀成 œ。

*　ye、yui 兩音節可分析爲獨立韻母 ie 和 iui，但這兩個音節前面不能帶任何其他聲母，因此這裏不列出。這是理論分析問題，不影響拼寫。

*　雖然 io、ioi 轄字較少，但都會用於常用詞（如：艾 ngioi、攰 kioi、茄 kio、靴 hio），因此保留。

*　iot 在《19 世紀香港新界的客家方言》中出現（莊初昇、黃婷婷，2014，頁 15-17），但現在和沒有介音的 ot 已沒有區別，因此不另外列出。

*　上表中，紅色 [ ] 以國際音標標示較常聽到的新派發音。

客家話聲調

調號	調形	例字	客家話拼音	傳統調類	調値	變體
T1	微升	詩	sí	陰平、陽上	13	25
T2	低平	時	sī	陽平	11	-
T4	中降	史、識	sǐ	陰上、陽上、陰入	31	-
T6	高降	試、食	sì	陰去、陽去、陽入	53	55

客家話有規律變調，而內文的拼音一律以本調標記。

參考文獻：

- 莊初昇、黃婷婷（2014）。《19 世紀香港新界的客家方言》。廣州：廣東人民出版社。
- 詹伯慧、張日昇（主編）（1990）。《珠江三角洲方言調查報告》，卷三。廣州：廣東人民出版社。
- 劉鎮發（2021）。《香港客家話研究》。香港：中華教育。

後記

劉擇明

經過三年努力，本書終於定稿。容我在此簡單記錄本書的取材過程。

本書以本土語言爲題，既不是語言學習書，也不是語言學專著。這種定位是基於瀕危語言的特點——保育與整理欠缺足夠學術研究，沒有基礎直接編寫教材；卻又不能只着眼於研究，只顧解決語言學問題，而無視使用者的需要。本土語言保育這課題上，在學術記錄與可讀性之間，各種描述的詳略都要有所取捨。我們最終的呈現方式經過團隊多次討論後，目標是希望大衆閱讀時不會感到沉悶，可以更加「入屋」。

其中我們爲這個計劃做了一些超出預期的研究。原本我們計劃只做簡單故事錄音，再逐字筆錄出版，但在收集錄音時感到自己責任不止於此——難得有機會出版以大衆爲對象的書籍，總要整理背後的歷史脈絡，讓這些故事成爲本土語言的入門階梯。因此除了紀錄語言，也嘗試從歷史和社會學的角度向讀者講解本土語言的運用情況。期間翻查各種政府文件，意外發現了不少香港社會發展的細節，包括港島和九龍的圍頭話和客家話用例，讓我重新認識語言遷移的時間線，各種發現實在想向大家報告，也令前段篇幅大增。這些非故事的章節希望可以爲大衆帶來新觀點。

爲增加可讀性，我們在文字記述上也作出了

取捨。附錄沒有按照方言學研究習慣，為每一條村落列出音系和字表，而是提供適用於全港的圍頭話和客家話音系。這些列表並非完全出自過往研究。今次錄音時，意外發現圍頭話過往未有描述的語音、音系特徵，本書列出的不少都是新分析，然而由於篇幅所限，詳細的內容還是留待日後的學術發表吧。

現時除了印刷版外，故事錄音也可以在網上找到，配合前面章節的學習策略，希望可以讓圍頭話和客家話家庭重拾家庭語言。這個過程必須透過語音的練習，而本書的系統描述或者會有幫助。作為起步，日後需要更多社區的計劃，也需要更多學術的討論、由本土語言持份者作出的行動。我知道現已有許多相關計劃正在籌備之中，我也願意從語言學和數碼人文學的角度出一分力，期望本書的故事、描述、材料可以拋磚引玉，作為未來語言復興的助力。

本書得以出版，團隊成員絕對功不可沒，包括鄧以楷先生走訪各村訪問並採集故事，編輯鍾卓玲小姐、陳詠恩小姐為本書的查證、核實、與各種整理和修訂，何家倫先生（Xotarios）為本書繪製地圖，都令本書生色不少。本書的出版因我自身的原因導致延誤，為團隊帶來不少麻煩，感到萬分抱歉，也由衷感激團隊對我的包容。各篇章的故事內容、文字、拼音與歷史材料等，雖然經過多次校對，但仍難免錯漏，望各位見諒。

籌劃出版期間，我們得到各界人士的協助。特別感謝劉鎮發教授鼎力相助，為客家話故事潤飾、錄音，協助修訂客家話的用字和拼音。另外感謝嚴修鴻教授提供錄音材料作為部份故事藍本。此外，我們也得到香港本土語言保育協會、原居民、各界人士的協助，謹在此致以謝忱。最後必須感謝資助計劃的衞奕信勳爵文物信託看見並重視本土語言的價值，支持我們整理故事並以文字紀錄。

鳴謝（按字母及筆劃排序，敬稱略）

Betty Wong @ In Moment Like This
dear project
dna @ DH Calligraphy & Illustrations
Ivan Ip
Lok Yuen
Mushi Lai
Sharon Tsoi
Susan Ho
Tsz Ki
林文映
侯玉嫦
侯先生
香港本土語言保育協會
陳潔娣
黃銘基
溫溫 OneOne
鄧世澤
鄧東江
鄧國邦
鄧偉忠
鄧啟明
鄧學華
鄧聯興
鄭毓芬
廖蔚霖
劉鎮發
曉晴
曉嵐

圍頭與客家

香港本土語言故事集

作者	劉擇明、鄧以楷
編輯	陳詠恩、鍾卓玲
封面插畫及設計	洋小漫
內頁設計	韓世

出版	Scone Publishing / 鍾卓玲
電郵	info@scone.com.hk
網址	www.scone.com.hk

版次	2024 年 6 月初版
ISBN	978-988-76894-0-9

衞奕信勳爵文物信託
THE LORD WILSON HERITAGE TRUST

衞奕信勳爵文物信託資助

｜　香港出版及印刷

書內歷史相關資料作者已盡力查證，如有錯漏敬請聯絡及指正。